ALAIN SURGET

LE FILS DES LOUPS

ILLUSTRATIONS DE THIERRY DESAILLY

RAGEOT - ÉDITEUR

Collection dirigée par Caroline Westberg

Couverture : Anne Bozellec
ISBN 2-7002-1036-1
ISSN 1142-8252

– Et l'agneau, alors ?... Oui, l'agneau que vous avez mangé ?

– L'agneau que j'ai mangé, dit le loup. Lequel ?

– Comment ? Vous en avez donc mangé plusieurs ! s'écria Delphine. Eh bien ! C'est du joli !

– Mais naturellement que j'en ai mangé plusieurs. Je ne vois pas où est le mal... Vous en mangez bien, vous !

Marcel Aymé – Les contes du chat perché.

La Bresse, dans les Vosges,
au début de ce siècle.

UN MATIN SANS ÉCOLE

Pierre était son nom, mais les gens du village préféraient l'appeler Pélot. Son désir le plus cher était de paresser au lit jusqu'à onze heures, mais le Père le tirait de sous les draps, dès l'aube, en répétant :

« Allons, debout ! Le monde appartient à celui qui se lève tôt. »

Ce jour-là, le Père réveilla Pélot encore plus tôt que d'habitude.

– Tu viens avec moi au bois, déclara-t-il en lui décochant des petites tapes sur la jambe. L'école attendra bien jusqu'à demain.

Pélot s'habilla d'assez méchante humeur car il avait espéré poursuivre sa nuit sur les bancs de la classe, la tête enfouie dans ses bras. Il enfila de grosses chaussettes de laine et ses brodequins d'hiver, longea la porcherie séparée de la chambre par une simple barrière à claire-voie, et pénétra dans la cuisine où trônait l'immense table constituée par les deux moitiés d'un chêne fendu en son milieu. Le Père était déjà attablé devant une miche de pain gris et un pichet de vin d'Allemagne. La Mère remplissait deux gamelles d'une épaisse et brûlante soupe aux légumes à laquelle elle ajouta un morceau de jambon et une saucisse cuite. L'air sentait le cochon, le charbon et le bois. Le gros poêle en fonte ronronnait doucement et déversait une lueur rouge tremblotante par sa porte ouverte.

– Ne réveille pas la Marikle, dit la femme.

Pélot jeta un coup d'oeil sur le berceau en paille calé contre le pied d'un coffre, tira délicatement son tabouret et s'assit. Une tartine au lard l'attendait à côté d'un bol de lait fumant. Le Père coupa une deuxième tranche de pain qu'il déposa devant son fils.

– Mange, t'auras besoin de forces pour m'aider à charger la coupe sur la schlitte [1]. Puis, baissant la voix et regardant sa femme, il murmura de façon à n'être entendu que d'elle seule :

– La Bête revient – mais Pélot lut sur ses lèvres – Le Jeanot m'a raconté que des gars avaient relevé ses traces jusque vers Gérardmer.

– Si elle s'aventure si loin... laissa échapper la Mère dans un filet de voix.

Elle ne termina pas sa phrase. Pélot sentit une coulée de froid lui descendre le long du dos, comme si un courant d'air glacé s'était brusquement engouffré par la porte. Le tic-tac de l'horloge emplit la pièce, grave et régulier, égrenant des secondes d'angoisse. L'enfant fixait la flamme de la

1 Grand traîneau qui sert à descendre dans la vallée le bois abattu sur les hauteurs.

lampe à pétrole accrochée au-dessus de la table. Les yeux rivés sur la lumière, il imaginait la lente approche de la Bête, son attaque silencieuse et terrible. Jusqu'à présent, elle s'était contentée de hanter les forêts, ravageant les poulaillers et les bergeries des fermes isolées. Les vieux prétendaient que ses empreintes étaient énormes et qu'on y reconnaissait les trois griffes du Diable : à coup sûr, la Bête s'était échappée de l'enfer... Maintenant, avec le froid, elle avançait vers les villages.

L'enfant frissonna. Le chat qui grimpait sur ses genoux l'arracha à ses pensées.

– Il faut ramener le bois avant qu'elle se mette à rôder alentour, entendit-il. L'automne est déjà bien avancé.

Pélot remarqua que sa mère avait les traits tirés, le dos voûté, la tête rentrée dans les épaules. Elle paraissait tout à coup très fatiguée. Le Père s'en rendit compte également car il ajouta pour la rassurer :

– Le Rémi et le Dédé montent aussi charger les bûches. On sera pas seuls là-haut.

Elle poussa un soupir, alla jeter une pelletée de charbon dans la gueule du fourneau, remua avec un tisonnier pour attiser le feu. Elle ne dirait rien. Elle

n'intervenait jamais dans les histoires d'hommes et, bien que Pélot n'eût que dix ans, elle savait qu'il était inutile de le retenir au foyer quand son mari avait décidé de l'emmener dans la montagne ou dans les bois.

Pélot attendit que le Père ait fini de manger pour demander :

– Papa, elle va nous attaquer, la Bête ?

L'homme sourit, tendit la main pour l'ébouriffer.

– Mais non... et puis j'ai ma hache !

LES TROIS GRIFFES DU DIABLE

L'aurore révélait un horizon de crêtes aux formes arrondies. Un soleil blafard montait derrière le Hohneck; des ombres violettes glissaient des sommets, soulignant le recul de la nuit. Le jour se coulait dans la vallée, mais le ciel, lourd et bas, avait la couleur de la craie.

– Ça sent la neige, dit le Père en changeant sa hache d'épaule.

Ils se hâtaient le long de la Moselotte, les semelles claquant contre les pierres. Ils suivirent ensuite un chemin de schlitte, fait de pièces de bois disposées comme les barreaux d'une échelle, qui les mena par une pente douce au cœur de la forêt. Les conifères mêlaient le brun-vert de leurs aiguilles au rouge vif et à l'or des érables et des hêtres. Les troncs gris des feuillus, brillants, teintés de lichens, alternaient avec les branches des épicéas qui s'inclinaient vers le sol en franges épaisses, pareilles à des queues d'épagneuls.

Pélot aimait la forêt... et la redoutait en même temps. Elle était pour lui le domaine mystérieux des géants et des gnomes à tête blanche dont les légendes couraient à travers le pays. Chaque tronc, chaque fougère pouvaient cacher un elfe, un méchant lutin, et il s'attendait à voir briller dans la plus petite reculée d'ombre les yeux rouges de la Bête. Mais la haute stature du Père marchant devant lui le rassurait, lui faisait oublier le danger. Bientôt, il ne s'attacha plus qu'à la joie de respirer l'odeur forte de la résine et de l'humus détrempé par les dernières pluies, et à poser son pied dans les empreintes de l'homme, profondément enfoncées dans les coussinets de feuilles mortes.

Rémi et André travaillaient déjà. Ils s'arrêtèrent une seconde, figés dans leurs mouvements, pour regarder qui venait, puis soulevèrent une grosse bûche et la jetèrent sur les autres dans le traîneau.

– Salut l'Albert, dit l'un. T'as amené le Pélot. Y a donc point école ?

Le Père serra les mains, s'appuya sur l'épaule de son fils.

– Il est temps que ses mains apprennent le dessin de l'écorce. Et puis y aura quelques bûches pour le maît'd'école.

Il planta sa hache dans une souche, se dirigea vers une pile de rondins et entreprit de charger sa schlitte remontée depuis la veille. Pélot, lui, arrangeait des bûchettes entre les grosses pour qu'elles ne roulent pas.

Quand les deux autres gars estimèrent qu'ils avaient entassé assez de bois pour un premier transport, ils retirèrent les cales, s'installèrent l'un à l'avant, le second à l'arrière, et firent glisser la schlitte sur sa voie, moitié courant, arc-boutés en arrière pour freiner la descente.

Plus tard, lorsqu'ils revinrent, le traîneau du Père était prêt. Rémi repartit avec lui tandis que l'enfant allait offrir son aide à André.

A midi, six chargements avaient été ramenés au village. Pélot accueillit la pause du repas avec soulagement. Il avait les bras rompus, les mains couvertes d'égratignures, il ne sentait plus son dos, à tel point que le Père dut lui répéter plusieurs fois de se redresser, de bomber le torse et de tirer ses épaules en arrière. Il était fourbu mais heureux d'avoir su se rendre utile. Il ressentait une grande fierté en face des trois hommes, la gamelle sur les genoux, assis dans une petite clairière.

Au début, personne ne parla. Le Père mangeait avec des gestes lents, mouillant sa moustache. Pélot aspirait sa soupe bruyamment, avec des claquements de langue. André proposa une tournée de vin supplémentaire aux hommes.

– C'est mieux qu'à l'école, non ? commença-t-il en coinçant la bouteille derrière son sac. En bas, le maît' t'enseignera jamais l'histoire des arbres. C'est pas dans un livre qu'on apprend le bûcheronnage ni le maniement d'une cognée. Tiens, le sapin, à quoi il sert ?

– A faire des sabots, répondit Pélot.

– Et l'érable ?

L'enfant réfléchit, fit une moue, mordit dans sa saucisse.

– A faire des planches, marmonna-t-il à tout hasard.

Le Père hocha la tête. Les deux gars éclatèrent de rire. André reprit :

– Les luthiers utilisent son bois pour fabriquer les violons.

– Ça se fait ben du côté de Mirecourt, intervint le second.

– Sûr, dit le Père, mais c'était y a longtemps. Aujourd'hui, on ne respecte plus la noblesse du bois et on n'en fait plus guère. On fait de la bouillie d'arbres... Tout ça pour du papier, du journal qu'on jette après dans les ordures.

Un silence.

– C'est pas permis, souffla Rémi, c'est pas permis... mais faut ben vivre, alors on coupe.

– On coupe, répéta l'autre en écho, les yeux rivés sur ses godillots.

– Allez, fit le Père en observant le ciel qui s'était posé sur les arbres, la première neige va tomber ce tantôt. Faut se presser.

La pause s'acheva sans qu'aucun ne parlât de la Bête. Non qu'ils n'y pensaient pas, mais ils ne voulaient pas effrayer le gamin en évoquant les méfaits du monstre.

Ils retravaillaient depuis deux paires d'heures quand le vent se leva. Il s'enfla très vite en bourrasque. Peu après, les premiers flocons se mirent à voler entre les arbres.

Le Père était redescendu avec André, menant la schlitte dans la vallée.

– C'est le dernier chargement pour aujourd'hui, souffla Rémi en plaçant une énorme bûche sur le dessus de son traîneau. Y a plus qu'à attendre les autres.

– Je vais chercher la hache et la gamelle du Père, annonça Pélot. Elles sont restées là où on a mangé à midi.

– Ramène aussi nos sacs, lui lança le bûcheron comme il s'éloignait déjà.

L'enfant s'enfonça dans la futaie, glissant sur les racines et les feuilles que la neige commençait à recouvrir. Il atteignit la clairière encombrée de souches. Soudain, il eut l'impression que quelqu'un le suivait. Il se retourna. Personne. Il appela :

– Rémi ?

Le vent rabattit sur lui une spirale de neige, noyant les arbres dans un écran laiteux. Les flocons tombaient drus, épais, ralentissant sa marche.

« C'était pourtant ben par là », s'inquiéta-t-il.

Il s'arrêta, chercha autour de lui. Il fut

tenté de rebrousser chemin pour réclamer l'aide de Rémi, mais de quoi aurait-il l'air ? « Faut que je les retrouve, mais je vois rien dans cette bouillasse. »

Il fit le tour de la clairière, courbé en deux, la main devant les yeux pour se protéger des rafales qui ramenaient la neige cinglante en pleine figure. Il alla s'abriter dans le sous-bois, se secoua, décida d'attendre la fin de la tourmente.

Il eut à nouveau la sensation désagréable d'être épié. Il prit peur.

– Tant pis pour la hache et les gamelles, dit-il à haute voix, comme pour se rassurer d'entendre ses propres paroles. Je vais rentrer.

Il fit demi-tour, les yeux fixés sur ses pieds.

C'est alors qu'il vit les traces de la Bête. Elle devait être toute proche car la neige commençait à peine à les recouvrir. Il resta pétrifié, incapable du moindre mouvement, comme si ses jambes venaient d'être tranchées d'un magistral coup de faux. C'étaient de larges empreintes que les flocons mettaient du temps à combler. Terrorisé, il crut reconnaître les trois griffes du Diable dont parlaient les vieux. Il voulut crier, mais aucun son ne sortit de sa gorge. La piste de la Bête rejoignait la sienne, lui coupait la retraite. Mais où était-elle ? Devant lui ? Derrière ? Tapie sur un côté ? Elle l'avait suivi, et puis, le voyant revenir, avait bondi dans les broussailles, attendant qu'il arrive à sa portée...

« Trop loin pour courir jusqu'au Rémi, pensa Pélot dans un ultime éclair de conscience. Il me faut la hache. La hache ! »

Il recula, pas à pas d'abord, prêt à détaler comme un lapin si quelque chose bougeait. A ce moment, il perçut l'angélus du soir, se répondant de paroisse en paroisse le long de la vallée. Les tintements lui parvenaient, déformés, assourdis par l'air cotonneux et ouaté. Il eut une bouffée d'espoir, croyant que la Bête fuirait, repoussée par le son des cloches.

Un rauquement ! Des crissements sur la neige indiquant une marche pesante, une avance inexorable.

L'enfant se mit à courir, moitié hurlant moitié pleurant, s'étouffant sous les sanglots. Il traversa la clairière en battant des bras comme s'il cherchait à s'envoler loin, très loin de la Bête. Il s'engouffra dans la forêt de l'autre côté, se cogna aux basses branches des épicéas. Il n'entendait que les coups sourds et désordonnés de son cœur,

et les halètements de sa respiration, mais il savait que le monstre l'avait pris en chasse.

Il avisa tout à coup une saignée entre les troncs, un chemin par lequel on menait les troupeaux vers les Hautes Chaumes [1]. Les yeux réduits à une rainure, les lèvres serrées sur une furieuse envie de vomir, Pélot fuyait droit devant lui, à corps perdu. Le souffle de la Bête sur les talons.

1 Les hauts pâturages.

LE CRI DU VENT

– Où est le Pélot ? s'étonna le Père.

– Parti chercher la hache et les sacs, répondit Rémi. Je suppose qu'il attend une accalmie pour revenir.

Le Père cala son grand traîneau avec un rondin et marmonna :

– C'est pas le genre du p'tit. Il a dû s'égarer dans le bois ; la neige tasse et transforme le paysage, si ben qu'on sait plus si c'est à droite ou à gauche qu'il faut prendre. On va aller à sa recherche, et on descendra ta schlitte après.

– Il reste trois stères à rentrer, dit André en passant les doigts dans sa barbe pour la débarrasser de sa mousse de neige.

– Ce sera pour une aut'fois. Faut retrouver le petiot. Les flocons ont effacé ses traces mais on va commencer par la clairière.

Le vent les surprit par sa violence dès qu'ils quittèrent le couvert des arbres.

– Pélot ! appelèrent-ils. Pélot ! Pélot !

Point de réponse. Le Père retrouva sa hache, les sacs, les gamelles.

– Il est p't'être pas monté jusqu'ici, hasarda l'un des gars.

Ils se séparèrent. La tempête redoubla à l'approche de la nuit. Les trois hommes se retrouvèrent près du chemin de schlitte sans qu'aucun n'eût relevé la moindre trace de l'enfant.

– Il a pu regagner le village par le sentier des vaches.

– Espérons-le, souffla le Père, sinon il est perdu. On n'a plus qu'à...

Un hurlement effroyable figea les bûcherons, glaçant les os.

– C'est pas le vent, balbutia Rémi.

– Ça ressemble au cri d'un loup, mais c'est plus fort, plus...

André enfonça son bonnet jusqu'aux yeux.

– C'est la Bête ! C'est la Bête, que j'vous dis ! Faut filer d'ici en vitesse !

Et abandonnant sa schlitte, il joignit le geste à la parole.

Le Père n'arrivait pas à partir ; il regardait les crêtes, ne sachant s'il devait monter vers les Chaumes ou suivre ses compagnons. Rémi vint le secouer par le bras.

– Presse-toi, l'Albert.

– Pélot, murmura le Père, Pélot...

– Tu le retrouveras en bas.

Un silence. Rémi reprit :

– Tu penses ben que même s'il nous a perdus, il est capable de descendre dans la vallée, non ? Tu vas voir qu'en rentrant, tu le découvriras assis devant un bol de lait chaud.

– C'est sûr, admit le Père, c'est sûr...

Mais il n'arrivait pas à détacher son regard des Ballons. Rémi leva les bras d'impuissance, se hâta derrière André. Le Père se résigna enfin et se mit à courir pour rattraper les deux autres. Il se retourna plusieurs fois avant d'arriver au bas de la montagne, tâchant de percer le tourbillon de flocons qui les enveloppait, priant pour que son fils ne se fût pas égaré sur le territoire de la Bête.

A la Bresse, ils apprirent que l'enfant n'était toujours pas rentré. Cette fois, la Mère sortit de sa réserve : elle commença par faire de violents reproches à son mari puis éclata en sanglots devant tout le monde. Le Père organisa rapidement une battue. Armés de lanternes, de haches et de fusils, les hommes repartirent pour la montagne.

Le vent les attaqua sitôt qu'ils sortirent du village. Il s'engouffrait dans les plis des manteaux, soulevait les gars, les jetait l'un contre l'autre. La neige, filée par coulées parallèles, leur pénétrait dans les yeux et dans la bouche, griffait les visages de ses cristaux glacés... Une plainte lugubre descendit des sommets. Les hommes se regroupèrent sous les arbres ; certains parlaient déjà de retourner.

– C'était le vent ?

Personne ne répondit. A ce moment, quelque chose dégringola des branches, tomba – floc ! – dans la neige, juste devant eux. Une tête de cerf ! Rémi la souleva par

sa ramure. Ils se rapprochèrent épaule contre épaule.

– Il a été tué y a pas longtemps, dit le Père en examinant la coupure de la gorge.

– La Bête a une sacrée force pour l'avoir hissée jusque là-haut, remarqua l'un des gars.

Les regards remontèrent le long du sapin, devinèrent les branches à travers la tempête, à plusieurs mètres de hauteur.

– Où est le reste du corps ?

– Où est la Bête ? souffla un autre.

Ils jetaient des coups d'œil inquiets autour d'eux, se parlaient à voix basse...

Ils repartirent, la peur au ventre.

Ils formaient une procession de lucioles rouges tremblotantes, retenant à grand peine les lanternes ballottées par la tourmente.

Lorsqu'ils parvinrent à la clairière, ils décidèrent de se scinder en plusieurs groupes : l'un continua à remonter la Moselotte, un autre se dirigea vers le torrent de Chajoux, à l'ouest, tandis qu'un troisième bifurquait vers le sud, en direction du lac des Corbeaux. Les « Eho ! » qu'ils lançaient tous les dix pas finirent par s'estomper, étouffés par les hululements furieux de la montagne.

La nuit était déjà fort avancée quand le Père, brisé par le malheur et la fatigue, se laissa tomber assis dans la neige. Les deux gars qui l'accompagnaient s'arrêtèrent à côté de lui, le dos tourné aux rafales.

– Il a pu remonter vers le col de Bramont, dit le premier.

Le Père secoua la tête.

– Impossible, le Pélot est pas fou. Y a rien là-haut. Aucune âme ne reste dans les Chaumes à l'approche de l'hiver.

– Avec la peur aux trousses, on court sans réfléchir.

Le second attendit un moment avant d'intervenir.

– Les autres l'ont peut-être retrouvé... ou alors, pressé par la tempête, effrayé par je ne sais quoi, il se sera égaré du côté de Bas-Rupts.

Voyant que le Père allait rétorquer quelque chose, il se hâta d'ajouter :

– Il n'y a que huit kilomètres entre les deux localités. Peut-être même aura-t-il trouvé refuge dans un hameau plus proche au fond de la vallée.

– Ah, monsieur le maît' d'école, répondit le Père, si vous pouviez avoir raison ! Mais je sens que mon Pélot est perdu, perdu... Vous pensez ben que, même s'il avait pas eu la force de rentrer à la Bresse, il aurait envoyé un gars des bourgs nous prévenir.

– On est partis si vite... C'est peut-être chose faite à cette heure.

– Vous croyez, vous croyez ? s'enquit le Père, soulevé par une folle bouffée d'espoir.

Mais l'instant d'après, il se laissait à nouveau abattre par une profonde détresse. Il posa ses coudes sur ses genoux, se mit à sangloter dans ses mains, répétant le nom de son fils entre deux hoquets. Son compagnon vint lui poser la main sur l'épaule.

– Allez l'Albert, le maît' a raison. C'est pas le Pélot qu'on a retrouvé dans l'arbre. Si la Bête a tué le cerf, c'est qu'elle a pas mangé ton gars avant, et qu'elle aura plus faim pour le manger après.

– Évidemment, admit l'instituteur qui se voulait rassurant. Si Pélot était encore dans ces bois, il aurait entendu nos appels ou vu nos lumières ; nous avons suivi tous les sentiers.

– Mais s'il était blessé, s'exclama le Père dans un brusque mouvement de colère, ou incapable de pouvoir répondre ?

Les deux hommes se regardèrent, soupirèrent en même temps. Après tout, c'était possible, mais où chercher ? Et avec cette neige qui aveuglait, ce vent qui sifflait aux oreilles, comment ne pas finir par tourner en rond ? Le mieux était de retourner au village et d'attendre le lendemain pour poursuivre les recherches.

Le Père se leva tout à coup.

– Faut continuer !

Il n'avait pas fait trois pas qu'il chancela, lâcha sa hache, tomba en avant sur le ventre. Il ne sentit pas les autres l'agripper par les aisselles et par les chevilles, et le redescendre vers la vallée comme une simple pièce de gibier.

LA MARCAIRERIE

Pélot fuyait.

La forêt était derrière lui, comme une raie sombre interdisant tout retour. Il courait, il courait vers les Hautes Chaumes, les jambes tremblantes, le souffle coupé. Le sang lui battait dans les tempes, et il croyait – à chaque foulée – qu'il allait s'évanouir de peur et d'épuisement. La bourrasque le fit tomber, le roula dans la neige. L'enfant se releva, chuta à nouveau, se redressa, avança à reculons, courbé en deux, tournant le dos aux rafales qui dévalaient du Hohneck.

Il ne comprenait pas pourquoi il était encore en vie : depuis le temps que les mâchoires de la Bête auraient dû lui briser les os. « Elle s'amuse, pensait-il, elle s'amuse avec moi comme le chat avec la souris. Elle me suit lentement et puis, au dernier moment... »

Pélot ne voyait pas ses mains tant il était enveloppé dans des spirales de flocons qui virevoltaient partout. Il avait même l'impression que beaucoup remontaient vers le ciel, à tel point qu'il finit par ne plus savoir où étaient le haut et le bas, la droite et la gauche, la vallée et la montagne. Il crut, un moment, que la Bête avait perdu sa trace, qu'elle était repartie dans les bois, et il s'arrêta. Un hurlement tout proche lui fit reprendre une course effrénée qui l'amena jusqu'aux Chaumes.

La neige était épaisse et collait aux brodequins. L'enfant essayait bien d'avancer en sautillant d'un pied sur l'autre, mais, jugeant qu'il n'allait pas assez vite, il se remit à courir en projetant de grands jets de neige poudreuse jusqu'à son visage.

– J'en peux plus ! J'en peux plus !

Il se répétait sans cesse qu'il allait s'écrouler, les jambes brisées au niveau des genoux, qu'il n'arriverait jamais plus à se relever et que la Bête le dévorerait là... pourtant un instinct de survie le poussait en avant, plus loin, toujours plus loin de ce grondement qui ébranlait le sol et l'air.

Il cogna dans une masse très dure. Eut un hoquet d'affolement.

– Une... une marcairerie...

C'était une vieille bâtisse en granite, utilisée par les vachers et fromagers pour fabriquer le munster. Ils y montaient à la Saint-Urbain, un mois avant l'été, et redescendaient dans la vallée avec leurs fromages à la Saint-Michel, la veille de la rentrée des classes [1]. Pélot mit ses dernières forces à chercher l'entrée. Avec des gestes fébriles, il déblaya la neige qui s'était entassée contre la porte. Il était animé par un espoir fou, une sorte de rage aveugle qui le faisait pleurer et prier en même temps.

– Pourvu que j'aie le temps... mon Dieu, faites que j'aie le temps... s'il vous plaît, mon Dieu, s'il vous plaît...

Il retira la grosse pierre qui calait la

1 À cette époque, l'année scolaire commençait début octobre.

porte, l'entrebâilla, se faufila à l'intérieur, claqua le battant derrière lui. Il découvrit un crochet scellé dans l'angle du mur, le passa dans l'anneau qui servait de poignée. Sitôt la porte refermée, l'enfant chancela, surpris par l'obscurité et l'arrêt brusque du vent. La tempête rugissait toujours au-dehors, mais pour Pélot, c'était la fin des épreuves. Il avait gagné, il avait échappé à la Bête... Ses poumons brûlaient, ses mains étaient raidies par le froid à tel point qu'il n'osait plus les remuer de peur de les voir se briser comme du verre. Il se mit à tousser : une toux rauque qui lui arrachait la gorge, lui faisait perdre la respiration. Il souffla sur ses doigts gelés, massa doucement ses oreilles et ses joues pour les réchauffer... Une bouffée d'effroi lui monta soudain de la poitrine. Il courut vers les volets, vérifia s'ils étaient bien fixés, s'ils ne risquaient pas de s'ouvrir, brutalement arrachés par la patte de la Bête. Alors, seulement, il s'assit par terre, délaça ses brodequins avec beaucoup de mal, les retira, prit ses pieds dans ses mains et les frotta jusqu'à ce qu'il pût à nouveau bouger les orteils.

L'abri comportait deux pièces. Celle où il se tenait sentait le fromage, l'anis et le cumin. Il regarda autour de lui, distingua de gros chaudrons de cuivre et des claies d'osier. Une trappe conduisait à la cave où les marcaires déposaient les fromages pour qu'ils s'affinent. Pélot savait qu'il ne restait rien, aucun munster, pas le plus petit croûton de pain rassis, pas même de l'eau puisque les gars allaient puiser dans la Moselotte toute proche.

Après la peur, l'enfant connut la soif, beaucoup plus cruelle que la faim, et se demanda avec angoisse comment il pourrait sortir du piège dans lequel il s'était enfermé.

– Papa va venir, papa va venir, se répétait-il.

Mais les heures passaient ; le Père ne venait pas.

La nuit était tombée au-dehors, la tourmente ne décolérait pas. Pélot était allongé dans la seconde pièce, beaucoup plus petite que la première, et qui ne comptait que deux lits superposés, un tabouret et une rangée de clous sur un mur pour accrocher les vêtements. Il songeait à la Bête et aux histoires que les vieux racontaient en hiver, au cours des longues et chaudes veillées auxquelles on se rendait, de ferme à ferme, à travers des couloirs de neige. Que de rêves, que d'aventures avaient hanté ses nuits ! Que de terreurs éprouvées à l'évocation du monstre ! Il se rappelait la description qu'en faisait Mémé Bertha – et qu'elle tenait sans doute d'un de ses livres : « Son dos ressemble à celui d'un caïman, tout couvert d'écailles terminées en pointe, sa queue est semblable à celle d'un léopard, son corps est de la longueur d'un veau d'un an, avec un poil ras de couleur rousse. » Les hommes, plus réalistes, tiraient sur leur pipe, les yeux mi-clos, et parlaient d'un énorme loup rouge aux dents de sabre qui décapitait ses victimes et les hissait dans les arbres pour les dévorer tout à son aise. La Bête disparaissait avec la fonte des neiges, repoussée, chassée par le soleil de printemps. Où était-elle alors ? Personne n'en savait rien. Elle devenait légende...

Mais l'hiver allait seulement commencer. Pélot frémit de tout son être quand la tempête s'enfla, chercha à s'infiltrer dans la marcairerie en secouant les volets. En même temps éclata un long hurlement, à glacer le sang, et quelque chose se mit à gratter contre la porte. L'enfant se rua à travers les deux pièces et vint se suspendre au crochet, pesant de tout son poids pour l'empêcher de sauter. Les grattements ces-

sèrent, le souffle se déplaça. Des mouvements furieux se déchaînèrent sur le toit – Pélot crut bien que toutes les tuiles allaient s'envoler – puis finirent par se calmer.

Tap !... Tap !... Tap ! La trappe se soulevait par à-coups, animée par un courant d'air issu de la cave. Le gamin vit l'instant où elle s'ouvrirait toute grande, livrant passage au monstre. Il abandonna son crochet et se coucha sur la trappe, de tout son long. Puis il attendit, craignant à chaque seconde qu'elle ne soit arrachée et propulsée avec lui à travers la pièce sous l'effet d'une poussée effroyable.

Brusquement, le silence tomba. Un silence de montagne, lourd, ouaté, peuplé d'ombres mouvantes. Pélot était transi de froid mais il n'osait quitter la trappe pour aller prendre des couvertures à côté. Il serra ses genoux contre sa poitrine, entoura les jambes de ses bras. Il imaginait la Bête en train de tourner autour de la bâtisse, cherchant l'endroit par où pénétrer. A force d'y penser, il finit par l'entendre : elle allait, elle venait, reniflait sous la raie de la porte, longeait le mur, mordait dans un volet... La marcairerie craquait de tous ses bois.

– Papa... Maman, maman...

L'enfant pleurait. Couché sur le flanc, en chien de fusil, il se vidait de son trop-plein d'angoisse. Et c'est ainsi, recroquevillé au-dessus de la cave, qu'il sombra dans le sommeil.

LE CHEMIN DES NEIGES

Le froid de l'aube le fit grelotter. Pélot ouvrit les yeux, chercha autour de lui les objets, les contours familiers de sa chambre. Une coulée glaciale lui descendit dans la gorge quand il comprit où il se trouvait, se logea dans son ventre, lui crispa les entrailles.

– Mon Dieu, la marcairerie... la Bête.

Il se leva, regarda la porte, les volets, la trappe à ses pieds... Elle ne tremblait plus. Des raies de lumière bleue filtraient par les fentes des persiennes, s'étalaient en bandes sur le sol de terre battue. L'enfant prit le risque de se déplacer, attrapa précipitamment deux gros chaudrons qu'il revint empiler sur la trappe.

– Y a sûrement rien là-dessous, mais on sait jamais.

Pélot colla son oreille contre les volets et la porte pour tâcher de surprendre un bruit du dehors, mais tout paraissait calme. Il pensa que le mieux était d'attendre que des gars le retrouvent. Il allait s'enrouler dans les couvertures quand il lui vint à l'esprit que, la neige ayant effacé toutes les traces, il pouvait se passer un très long temps avant que les autres ne songent à grimper jusqu'à cette marcairerie. C'est qu'il y en avait le long des crêtes !

Il tournait en rond dans les pièces, se rongeant un ongle après l'autre.

– Qu'est-ce que je dois faire ? Qu'est-ce que je dois faire ?

Finalement, il convint que le mieux était de partir. La Bête ne devait plus rôder alentour sinon elle n'aurait pas manqué de se lancer contre la bâtisse en l'entendant remuer à l'intérieur. Il retira le crochet de la porte d'une main tremblante, prêt à refermer à la moindre alerte, poussa le battant. Mais l'huis ne bougeait pas. Il essaya à plusieurs reprises jusqu'à ce qu'il comprît que la neige, tassée derrière, empêchait l'ouverture. Alors il se dirigea vers un volet, regarda par les fentes, prit une profonde inspiration...

– Si la Bête est tapie sur le côté...

... l'entrebâilla, jeta un rapide coup d'œil le long du mur, le rabattit complètement. Au moment d'enjamber la fenêtre, il se dit qu'il ferait peut-être bien d'emporter une couverture.

– Et puis tant pis !

L'enfant sauta. Ses craintes le reprirent dès qu'il fut dehors. Il faillit rentrer, hésita, puis s'élança le long de la pente.

La neige lui arrivait aux genoux, alourdissait ses pas, ralentissait sa course. Il dut s'arrêter deux, trois fois, pour reprendre son souffle.

Pélot avisa soudain une traînée poudreuse sur le versant, semblable à un fantastique voile de mariée. Son cœur bondit dans sa poitrine. Il crut que la Bête dégringolait de la montagne et se ruait vers lui. Il resta figé, incapable du moindre mouvement, les yeux soudés à cette fumée de neige qui s'élevait là-bas, jusqu'à ce qu'il la vît se diluer, disparaître... Plus rien. C'était une langue de neige qui avait glissé d'un grand rocher escarpé. Il éclata d'un rire nerveux mêlé de larmes, tenta de se raisonner.

– Allez, Pélot, t'es un gars des Vosges ou quoi ? Qu'est-ce qu'y diraient les copains si... ?

Il réalisa tout à coup qu'il traversait en ligne droite le territoire de la Bête. Il réfléchit, obliqua du côté du soleil, vers l'est, là où passait la frontière entre la France et l'Allemagne. Son père avait raconté maintes et maintes fois que si l'on se perdait dans les Chaumes, le meilleur moyen de retrouver les vallées était de suivre les cours d'eau ou, si l'on était vraiment trop enfoncé dans la montagne, de se diriger vers les crêtes afin de rencontrer les douaniers.

Il avançait lentement, glissant, tombant, attentif au moindre bruit comme au plus petit changement de couleur qui viendraient troubler l'étendue uniformément blanche. L'horizon se relevait en bosses, le soleil qui se reflétait sur les cristaux glacés dessinait une couronne d'or sur les sommets et obligeait l'enfant à tenir sa main devant les yeux pour supporter son éclat aveuglant.

Pélot se baissa pour ramasser de la neige : il la laissa fondre dans sa bouche afin de calmer la soif qui irritait sa langue et sa gorge. La faim commençait à le tenailler, lui arrachait des crampes d'estomac qui l'obligeaient à s'arrêter, le pliaient en deux comme s'il allait vomir.

Les rochers devenaient plus nombreux, restes de coulées morainiques apportées par les glaciers. L'enfant escalada un éboulis qui formait promontoire au-dessus d'une forêt de sapins, observa autour de lui.

– Elle a perdu ma trace, murmura-t-il, mais peut-être qu'elle attend plus bas, dans le bois. Au moins, des Chaumes, je pouvais la voir arriver... Mais y faut que je le traverse, ce bois, y a pas d'autre chemin possible.

Il découvrit un petit affluent de la Moselotte, dépassa une double chute qui dévalait de plusieurs paliers successifs à travers les sapins, remonta le torrent qui tombait en cascade parmi de gros rocs de granite. Il s'allongea sur la berge, recueillit de l'eau dans ses mains, but à longs traits, s'aspergea le visage. Puis il repartit.

Il remarqua bientôt des scintillements entre les arbres, se mit à courir. La forêt s'ouvrait sur le lac de Blanchemer entouré d'un liseré de prairies. Plus loin, derrière, reprenaient les Chaumes qui conduisaient au Hohneck dont les formes lourdes et émoussées dépassaient à peine des autres sommets. La neige commençait à fondre sur le bord du lac exposé au soleil. Pélot choisit de longer la lisière pour ne pas se faire remarquer sur la blancheur du paysage.

Tout à coup... Il stoppa net, tendit l'oreille. Non, il ne se trompait pas, c'étaient bien des gémissements.

– On dirait un bébé.

Il entra dans la forêt, s'engagea dans une sente si étroite, à travers les taillis, qu'il dut marcher à quatre pattes. Et ce qu'il découvrit lui arracha un cri de surprise. Cinq chiots de quelques semaines, couverts d'un pelage noir, épais et court, s'agitaient sur une litière. Ils étaient en train de manger un lapin, mais l'un d'eux se tordait sur le dos et paraissait suffoquer. Pélot le prit, enfonça deux doigts dans sa gueule et retira l'os qui s'était planté dans sa gorge

à l'instant même où la femelle, brusquement jaillie des fourrés, lui bondissait sur le dos. Le choc jeta l'enfant contre le tronc d'un arbre.

Alors Pélot se rendit compte de son erreur. Ce qu'il avait pris pour des chiots étaient en fait des louveteaux. La grande louve grise grondait en promenant son museau sur ses petits, ses yeux jaunes fendus en amande rivés sur le gamin. Son regard était une vrille, froid, perçant.

Pélot n'osait plus bouger. Il suivait le manège de la louve qui passait et repassait sa langue sur les jeunes, s'attardant sur celui qu'il avait sauvé. Elle aussi avait entendu les cris plaintifs du petit qui s'étranglait avec un os ; c'était déjà un gargouillis, presque un râle... et maintenant, il jouait avec les autres à se disputer un morceau de chair. L'inconnu ne représentait pas une menace, bien au contraire. Elle perdit son attitude hostile, étudia l'intrus tassé, roulé en boule contre le sapin : il avait la même position que ses louveteaux quand ils dormaient. Elle s'approcha, toujours grondant, le renifla, mordilla son manteau. L'enfant geignait doucement, terrorisé de sentir cette truffe humide qui s'insinuait sous son col, relevait

son pantalon jusqu'aux genoux, fouillait sous son bonnet... Puis elle parut se désintéresser de lui et alla se coucher contre sa progéniture, gardant toutefois un œil sur lui.

Pélot mit longtemps avant d'oser le moindre mouvement. Il s'assit avec des gestes d'une lenteur calculée, croisa ses doigts autour de ses jambes pour arrêter leur tremblement. La louve lui laissait la vie parce qu'il avait sauvé un des siens, mais permettrait-elle qu'il reparte ? Il tenta de se lever, mais lorsque la femelle découvrit ses crocs en plissant son museau et émit un grognement sourd, il retomba assis et se tint coi. Il resta un long moment immobile, prostré, la poitrine oppressée par des sanglots qu'il s'efforçait de refouler.

Un rauquement soudain ! Effroyable ! Même la louve tressaillit.

Cloué par la peur, Pélot vit s'avancer une bête énorme, couleur de feu, l'écume aux babines, les yeux brillant comme des braises.

– Mon Dieu, s'exclama-t-il, la... la Bête !

PRISONNIER !

Le loup rouge gardait la queue levée, les poils hérissés, les oreilles dressées. La femelle vit qu'il allait attaquer le nouveau. Elle bondit sur ses pattes, fit face au mâle dans la même position de menace.

Les deux loups esquissèrent un pas en se regardant fixement et en maintenant leur queue à l'horizontale. Les oreilles baissées, les babines retroussées, ils pointaient chacun leur mâchoire vers la gorge de l'autre. Alors, debout sur leurs pattes postérieures, ils s'élancèrent l'un contre l'autre, s'agrippèrent, cherchèrent à se mordre.

Pendant un instant, ce ne furent que virevoltes, assauts de crocs et de griffes, grognements de rage auxquels se mêlaient les lamentations des jeunes qui tremblaient de voir leurs parents s'affronter. Le plus petit des cinq vint se blottir contre Pélot qui suivait le combat les yeux agrandis par l'effroi ; le louveteau urina sur ses vêtements, l'imprégnant de son odeur.

La louve finit par reculer, la queue rentrée entre les pattes, la langue sortie. Mais elle ne se coucha pas sur le dos en geste de soumission et continua à gronder en montrant les dents. Le mâle comprit qu'elle était prête à se battre à nouveau s'il faisait mine de s'en prendre au gamin. Et cette fois, ils s'entredéchireraient. Il tourna une face grimaçante vers Pélot, ne perçut plus aussi distinctement les effluves du corps étranger ; au contraire, l'autre sentait presque comme ses petits. Il finit par s'apaiser. Sa compagne vint l'épouiller mais il la repoussa. Il jeta un mauvais regard à l'enfant puis s'en alla, grommelant.

Pélot tremblait de peur, incapable de détacher son regard des taillis par où le loup avait disparu. Il s'attendait à chaque seconde à le voir ressurgir, bondir sur lui la gueule ouverte... mais le grand loup rouge ne revint pas.

Au cours de cette première journée, ni la louve grise ni Pélot ne se risquèrent à quitter le gîte, l'un observant l'autre. L'enfant acquit la certitude qu'elle le prenait pour un louveteau quand elle vint déposer devant lui un morceau de charogne qui restait du matin. Comme il n'y touchait pas, elle prit la viande dans sa gueule, la mastiqua et la régurgita devant lui. Quelque grande que fût sa faim, il ne put se résoudre à absorber cette nourriture qui lui répugnait. Le plus rapide des jeunes l'avala. L'enfant se contenta de ramasser de la neige et la mangea, laissant couler chaque gorgée sur la boule amère qui enflait dans sa poitrine. La louve le ramena au milieu de ses petits et s'étendit sur lui, en travers, car elle sentait qu'il était le plus démuni, qu'il avait besoin d'être protégé. Alors il se mit à pleurer, longuement, le corps secoué par les sanglots, parce qu'il se disait que jamais, plus jamais, elle ne le laisserait repartir.

Le lendemain, au cours de l'après-midi, Pélot remarqua que les bêtes étaient en proie à une excitation peu commune. Les louveteaux s'agitaient, mais loin de leurs chamailleries habituelles, ils plantaient leurs petites canines dans le cou des autres et secouaient violemment la tête. La louve, nerveuse, semblait guetter quelque chose à travers les taillis. Elle venait séparer les petits en les mordillant légèrement, retournait se placer aux aguets, à l'entrée du gîte. Comme leurs couinements ne cessaient pas, elle se planta au-dessus d'eux, la gueule tordue dans une mimique de colère. L'effet fut immédiat. Les louveteaux cessèrent leurs querelles, se couchèrent sur le dos, les pattes écartées. L'un d'eux sortit une langue minuscule et commença à lécher le museau de sa mère. C'était la première fois que Pélot la voyait aussi tendue, aussi hargneuse.

Il se redressa pour regarder, lui aussi, par-dessus les fourrés. Un rauquement sourd lui fit tout de suite baisser la tête. La louve ne bougeait plus, l'œil fixe, les

oreilles dressées, les muscles prêts à la détente. Les petits s'étaient tus, brusquement anxieux. Sentaient-ils l'approche du mâle ? Mais seul l'enfant avait à redouter le fauve.

Soudain... Mais oui, c'était son nom que la montagne criait. Une bouffée de chaleur lui monta au visage. Les hommes, les hommes arrivaient ! Il tourna la tête et son regard croisa celui de la louve.

Les gars avançaient, hurlant vers le bleu du ciel. Le Père en tête, ils ahanaient dans les ruisseaux de neige fondue, se retournaient de tous côtés pour appeler. Vers le lac, vers la forêt, vers les sommets qui ne répercutaient même pas l'écho. Les voix étaient brisées, cassées par tant de cris, tant d'efforts inutiles. Ils appelaient pour appeler, sans espoir après ces deux jours. Seul le Père lançait le nom bien haut, clair et cristallin dans l'air tranchant, parce qu'il ne pouvait accepter que la montagne – sa montagne – lui eût ravi son fils.

Pélot frémissait. Il avait une envie folle de s'élancer hors des fourrés et de courir vers les gars, les bras ouverts. Même si la louve le rattrapait, ils auraient le temps de tirer sur elle, de la frapper de leurs gourdins ou de leurs fourches... Ils étaient si proches qu'il entendit leurs pas dans la neige craquante qui subsistait contre la lisière sombre de la forêt.

C'est alors qu'il sentit deux yeux comme deux poignards enfoncés dans son dos. Il cessa de respirer. Une coulée de sueur froide lui glaça les os. Son cœur se mit à battre si fort qu'il lui semblait que ce bruit seul suffirait à attirer les secours. Il n'avait plus revu le grand loup depuis la veille, mais l'animal était là, derrière lui, prêt à sauter pour lui broyer la nuque.

Les hommes passèrent...

LA FUITE

Pélot avait retiré ses brodequins, ses chaussettes, et avait enfoui ses pieds nus sous les louveteaux qui dormaient, roulés en boule au fond du gîte. La tiédeur qui montait en lui le ramena une semaine en arrière. Il ferma les yeux, revit sa maison, sa mère, sa petite sœur au coin du feu, la lueur rougeâtre du fourneau qui diffusait une douce chaleur. Jamais il n'avait imaginé que le souvenir du poêle avec son long tuyau noir et du chat blotti sous le banc pût évoquer à ce point la nostalgie d'une sécurité perdue. Les images de son foyer lui arrachèrent des pleurs silencieux. Il pensa au bol de lait fumant, aux larges tartines de lard qui l'attendaient tous les matins...

Un coup de vent le fit frissonner : il serra son manteau sur ses épaules, se frictionna les bras.

« J'ai faim, j'ai froid, j'ai peur... je suis tout seul, tout seul... »

Il se décida à prendre l'oiseau mort que la louve avait déposé devant lui, arracha les plumes, mordit dans la chair. Quand il eut avalé jusqu'au plus petit morceau de viande, il se suça consciencieusement les doigts, se pencha et se mit à lécher la neige à même le sol parce qu'il n'en restait plus assez pour la ramasser avec la main.

Sept nuits avaient passé depuis que la tempête avait entraîné l'enfant loin des siens. Six nuits et six jours parmi les loups, pendant lesquels il avait été partagé entre des crises de larmes et des moments sauvages où il déchirait la viande à pleines dents pour ne pas mourir de faim.

Mais c'était le froid, surtout, qu'il avait du mal à supporter. Bien que vêtu d'un pantalon de drap, d'une épaisse chemise, d'un gros chandail de laine et d'un manteau qui l'enveloppait du col aux genoux, il lui arrivait de grelotter pendant des heures quand les loups furetaient dans les taillis ou jouaient entre eux. Il attendait que les animaux viennent se coucher dans la tanière pour se glisser sous eux et retrouver un peu de chaleur, bien recouvert par leur fourrure. Il faisait bon au fond du gîte, et Pélot sentait que son corps reprenait vie : il pouvait à nouveau remuer ses orteils gelés, ses bras et ses jambes ne tremblaient plus. Si l'un ou l'autre louveteau bougeait, le gamin le tirait sur lui comme une couverture... Pélot passait de longs moments enfoui sous eux, car les loups se reposaient souvent pendant la journée. Au début, il avait eu du mal à s'habituer à leur rythme, attendant toujours la nuit pour dormir. Il rêvait alors les yeux ouverts, s'imaginait redescendre dans la vallée, sa chère vallée... Finalement il comprit quc plus il pensait à sa famille, plus il se faisait du mal.

Le manque de nourriture, la soif, la peur et le froid mêlés le poussèrent petit à petit à imiter le comportement des loups : courir, jouer à se battre avec eux, s'assoupir en même temps qu'eux, manger la proie tout de suite afin que la chair soit encore comestible pour lui. Il ne comptait plus les morceaux qu'il avait délaissés parce qu'ils sentaient trop fort... Les louveteaux n'en avaient fait qu'une bouchée à leur réveil. Pleurer ses parents perdus le laissait sans force, la tête bourdonnante, les yeux rouges, la gorge bloquée. Il fallait survivre, survivre, devenir à son tour un petit de loups.

La femelle commençait à déposer devant lui des proies vivantes, comme elle le faisait avec ses louveteaux pour leur apprendre à tuer pour se nourrir. Quant au mâle, il adoptait une attitude moins agressive envers Pélot qui, maintenant, ne dégageait plus aucune effluve inconnue.

L'enfant le voyait toujours s'approcher avec terreur. Il ne se détendait que durant ses longues absences. Il imaginait alors la Bête attaquant les bergeries, les étables, les fermes, semant la désolation et la mort dans les vallées. Jusqu'à Gérardmer, avait dit le Père, jusqu'à Gérardmer... L'audace et la cruauté de la Bête ne connaissaient pas de limites. Le gamin était persuadé que si le loup le surprenait seul à son retour, sans la femelle pour le défendre, il le dévorerait aussitôt. Le mâle rentrait à la nuit tombée avec le produit de sa chasse, donnait des petits coups de museau à ses petits pour les amuser puis, un éclat sauvage dans les yeux, il plantait son regard dans celui du garçon, le figeant sur place, le forçant à se coucher à l'écart. Au cours de la nuit, la louve trouvait toujours le moyen de le rapprocher de la litière pour réchauffer son corps engourdi.

Le climat s'était radouci. Le temps était à la pluie.

Ce matin-là, de gros nuages noirs roulaient dans le ciel. La louve poussait les jeunes devant elle, avec Pélot : elle avait décidé de les laisser s'ébattre seuls dans leur environnement.

Elle les conduisit de l'autre côté du lac, au pied d'un cirque abrupt couvert d'épaisses forêts. Là, elle escalada un promontoire qui offrait une vue plongeante sur l'ensemble du site et s'y allongea, la tête sur les pattes de devant. Les louveteaux, d'abord, grimpèrent derrière elle, et puis sur elle, l'agaçant de leurs jeux continuels. Elle les laissa s'amuser avec sa queue, se vautrer, monter et descendre de son dos, fourrager dans la bourre épaisse qui commençait à apparaître à l'encolure.

Quand elle en eut assez, elle se leva, jeta un coup d'œil sur l'enfant assis contre une souche et qui se grattait furieusement la tête. Les petits finirent par le rejoindre et lui sautèrent dessus pour jouer. La femelle se recoucha. Elle demeura très longtemps immobile, fondue parmi les rochers, pareille à une statue de pierre. Elle paraissait dormir mais en fait, elle surveillait attentivement ses rejetons, gardant un œil sur tout ce qui bougeait.

Un vent froid glissa des sommets et vint lui soulever les poils. La louve dressa la tête, huma l'air. Le ciel était couvert d'une crête à l'autre, des craquements éclatèrent au loin, le sous-bois devint noir. Elle descendit jusqu'au lac pour boire. Les eaux étaient grises, agitées de vaguelettes. Un violent coup de tonnerre la fit sursauter, se répercuta en grondements assourdissants dans la montagne. Des griffes de feu tombèrent en crépitant. La louve fila vers ses petits, mais, lorsqu'elle les eut rejoints, elle constata qu'il en manquait un : c'était le plus grand mais aussi le plus fragile car il n'avait ni fourrure ni crocs.

Elle hésita entre ramener les louveteaux au gîte et se lancer à la recherche du disparu. Elle poussa un long hurlement afin que l'autre puisse la localiser et retrouver l'endroit. Mais elle n'obtint aucune réponse.

A ce moment, les nuages crevèrent ; une pluie cinglante s'abattit sur la contrée, fouettant les arbres, transformant le sol en coulées de boue. Les dernières traces de neige furent diluées, absorbées, emportées par les torrents qui dévalaient des Chaumes.

Les petits se bousculaient pour s'abriter sous le ventre de leur mère. La louve choisit de les raccompagner d'abord jusqu'à son antre.

Pélot courait à perdre haleine. Il fuyait sans se retourner, le cœur battant à tout rompre, tendu vers un seul but : atteindre le torrent afin qu'ils perdent sa trace. Il escalada des pentes recouvertes d'épines, glissa sur les mousses gorgées d'eau, peina dans des rigoles de boue et de cailloux qui s'écoulaient le long du versant. L'orage claquait comme des coups de fouet, déchirait l'obscurité de fulgurants éclairs qui illuminaient la forêt, dévoilant des ombres fantastiques. Il semblait à l'enfant que des géants le rattrapaient, l'encerclaient, l'étouffaient entre leurs branches épaisses, tordues, déformées par la lueur aveuglante de la foudre.

Un hurlement ! Pélot força l'allure.

La pluie ruisselait le long des troncs, dégoulinait des frondaisons, mais là où les arbres étaient moins resserrés, elle hachait les fougères avec une violence inouïe. L'enfant courait, le visage inondé, trempé jusqu'aux os ; pourtant, il avait l'impression de ne pas avancer tant ses vêtements lui collaient à la peau, tant ses brodequins s'enfonçaient dans le bourbier, s'en arrachaient avec un bruit de succion.

Un nouveau hurlement. Lugubre. Brisé par une déflagration.

Pélot pleurait, tellement ses poumons lui faisaient mal.

– Pourvu... pourvu qu'y ait pas... d'autres loups. Ils se mettraient... en chasse.

Il ne se rendit compte qu'il avait atteint le torrent que lorsqu'il s'éclaboussa jusqu'au ventre. Il s'engagea résolument dans son lit. Gonflé par la pluie, le niveau avait monté et le courant était très fort. Le gamin chancela quand il se sentit happé par les flots.

– Faut que j'y arrive, faut que j'y arrive.

Ses jambes étaient lourdes, aspirées par l'eau qui se creusait autour des genoux. Ses semelles glissèrent sur les galets. Il resta une interminable seconde sur un pied, chercha son équilibre en battant des bras, s'affala de tout son long dans le ruisseau.

Emporté, aspiré, roulé, Pélot fut projeté d'un rocher à l'autre. Il tentait de s'agripper aux blocs mais à chaque fois, la pierre mouillée lui échappait. Il raclait le fond, s'écorchait le dos et les mains, essayait de se relever en poussant sur ses jambes, culbutait en avant, retombait à plat ventre dans une eau déchaînée qui le secouait, le traînait sur les rocailles. Il oublia tout, s'efforça d'aspirer une bouffée d'air entre les quintes de toux et les giclées qu'il recevait en plein visage.

Il perçut tout à coup un grondement furieux de cataracte. La double chute ! Il tendit désespérément les bras, heurta des basses branches qui se hérissaient au-dessus du torrent et formaient des arceaux avec celles de l'autre rive. Ses doigts accrochèrent un rameau flexible qui, en pliant, ramena l'enfant contre la berge. La branchette cassa. Pélot réussit pourtant à attraper des racines qui sortaient du talus comme des gros serpents noirs. Il s'arracha de l'eau, se hissa péniblement sur le sol, faisant s'écrouler des mottes de terre. Il se laissa tomber sur un massif de fougères et resta là, couché sur le dos, les bras en croix, crotté de la tête aux pieds. La pluie s'abattait sur lui, le fracas du tonnerre déchirait ses tympans, les éclairs jaillissaient en zigzag, mais Pélot s'en moquait. La fatigue l'emportait sur la peur. Il ne sentait plus ses jambes, son dos lui faisait mal et sa tête bourdonnait encore du mugissement de l'eau. Il regarda de côté, vers l'aval, et ne put retenir un cri. La silhouette massive du loup était apparue dans l'éclaboussure violette d'un éclair. Une seconde, rien qu'une seconde, mais cela avait suffi au garçon pour le reconnaître. Il bredouilla :

– La Bête... la Bête...

... essaya de fuir à quatre pattes, dans n'importe quelle direction. Il voulut se rejeter dans le torrent... Trop tard ! Le mâle était sur lui. L'animal enfonça ses crocs dans le col du manteau, serra, le secoua de toutes ses forces. Pélot tomba sur le dos,

jambes écartées, ramena ses mains sur sa gorge pour la protéger et ne bougea plus, paralysé par la terreur.

La femelle déboula tout à coup d'entre les arbres pour se porter à son secours, mais son arrivée ne changea rien. Déjà, le grand loup rouge l'avait lâché. L'enfant avait adopté inconsciemment l'attitude de soumission des jeunes loups.

L'ENFANT DES LOUPS

Pélot était tout nu, blotti avec les louveteaux au creux de la litière. Ses vêtements séchaient. La louve était serrée contre lui. Ne pouvant concevoir qu'il s'était enfui, elle considérait simplement qu'il s'était perdu, incapable de retrouver le chemin de son gîte parce que manquant aussi de flair.

Le mâle, lui, reposait à deux mètres de là, tranquille.

« La Bête ne m'a pas tué. Elle est p't'être pas aussi méchante qu'elle en a l'air. »

Depuis deux jours que le loup l'avait ramené dans sa tanière, Pélot savait qu'il ne risquait plus d'être dévoré par l'animal.

« La Bête a compris que je ne lui voulais pas de mal. Elle me considère maintenant comme un de ses petits, elle m'aime peut-être... c'est pas pour ça qu'elle me laissera repartir. »

L'enfant grelottait de fièvre mais la louve le força à se lever par des petits coups de tête dans son dos. Il repoussa les jeunes qui lui piétinaient le ventre et s'amusaient à monter sur ses épaules, enfila ses vêtements presque secs et suivit la troupe vers le lac. Pendant que les petits traquaient un rongeur sous le regard vigilant de leur mère, Pélot se dirigea vers des bouleaux qu'il venait d'apercevoir au milieu de pins. Il s'acharna à détacher des lambeaux d'écorce avec des pierres pointues, les lava dans l'eau du lac, mit des petits bouts sous sa langue afin qu'ils s'imprègnent bien de salive, puis déglutit.

De retour au gîte, il se coucha sur la litière, prit d'autres morceaux d'écorce dans sa bouche et essaya de dormir. Cela ne valait pas la décoction que préparait la

Mère, néanmoins sa température finit par tomber après trois jours passés à transpirer, tassé dans la chaleur de la louve couchée sur lui. Elle lui léchait le visage et les mains avec sa langue râpeuse, refusait de quitter l'enfant car elle sentait qu'il était malade. Pendant ce temps, le grand loup rouge initiait les jeunes à la chasse au petit gibier.

Un soir, à son retour d'expédition, il rapporta un agneau né du printemps. Les louveteaux se jetèrent dessus mais le loup les éloigna en grondant. Il déposa l'animal devant Pélot, attendit que l'enfant se fût servi pour permettre aux autres d'approcher et de déchirer la viande. Puis il se coucha sur le côté et surveilla sa progéniture. Il dut intervenir à nouveau car, à peine leur part avalée, les petits voulurent se disputer le morceau de l'enfant.

Pélot eut les larmes aux yeux en voyant la Bête prendre sa défense.

– Je mange plus lentement que vous, dit-il aux louveteaux, mais ça ne signifie pas que j'ai pas faim.

Puis il regarda le loup dans les yeux et, pour la première fois, soutint son regard car il n'y lisait plus aucune menace.

– C'est pas le seul agneau que t'as dû

égorger en bas. Les hommes vont encore parler de la Bête.

Le loup s'approcha tout près. Le gamin reçut son souffle sur la joue ; il plongea ses doigts dans l'épaisse fourrure, se mit à lui gratter l'encolure puis le dessus de la tête. L'animal grogna de satisfaction : son louveteau jouait enfin avec lui. Il le renifla de la tête aux pieds en enfouissant son museau dans le pli des habits.

– Tu es bonne, la Bête, dit Pélot en riant. Tu sèmes la panique dans les poulaillers et dans les bergeries, mais il faut bien que tu manges. Si seulement ils savaient, les gars d'en bas, que t'as aussi une famille à nourrir.

L'enfant devint plus grave, il cessa de caresser le loup, son regard se fit plus dur, plus lointain, perdu sur un monde de sapins, d'aiguilles, de broussailles. Il murmura :

– Même s'ils savaient, et même s'ils comprenaient, ils ne te laisseraient jamais tranquille.

LE DIX CORS

Trois semaines avaient passé depuis que Pélot vivait avec les loups. Le grand loup rouge lui permettait d'aller et venir au même titre que n'importe lequel de ses petits, mais l'enfant se désespérait de voir la femelle derrière lui chaque fois qu'il quittait le gîte en compagnie des jeunes.

« Elle nous laissera p't'être seuls quand les louveteaux seront devenus grands. Mais si je dois attendre si longtemps pour m'échapper... je serai certainement mort avant. »

Pourtant, il commençait à mieux s'adapter à la vie animale. Il avait pris l'habitude, en marchant avec eux, d'avancer courbé, de ne jamais dépasser la hauteur des taillis pour ne pas se faire remarquer. Il vivait, en quelque sorte, au ras du sol, proche des traces et des odeurs, plus souvent à quatre pattes que sur ses deux jambes. Il avait appris à dormir dans la journée d'un sommeil profond, à rôder la nuit autour du lac pour surprendre le gibier. Le temps n'était plus rythmé par les heures mais par les courtes chasses, des siestes, des jeux, des chasses à nouveau, et puis des sommes, des sommes... Pélot ne s'était jamais imaginé que des loups puissent se reposer autant. Il n'en demeurait pas moins le plus chétif, le plus maigre, le plus lent. Il lui arrivait de rester de longs moments immobile, couché avec les autres, les yeux grands ouverts, à s'étourdir des images de son passé : sa famille, son village, sa vallée... Les reverrait-il un jour ?

L'hiver était en avance cette année-là. La neige était à nouveau tombée en abondance et semblait vouloir tenir. Le vent du nord soufflait en rafales ; il poussait devant lui des voiles de neige qui venaient éclater en gerbes contre la forêt. Des nuages de cristaux blancs étaient projetés entre les troncs, traversaient les fourrés, mouillaient les gîtes et les terriers, glaçaient les bêtes. Le ciel était d'un bleu presque transparent, et les crêtes ressemblaient à des vagues soudainement figées par le froid.

Pélot et tous les loups étaient partis chasser. Le mâle en tête, ils cheminaient à la queue leu leu dans une neige épaisse qui leur arrivait à mi-pattes. C'était le temps idéal pour traquer le gibier.

Ils remontaient vers la source de la Moselotte quand, tout à coup, le grand loup rouge s'arrêta, le museau en l'air : il venait de détecter la présence d'une proie. La louve et les louveteaux se placèrent à côté de lui, humèrent les odeurs apportées par le vent.

La troupe se remit en route, en ligne droite, sans forcer l'allure, sûre que sa victime ne pourrait lui échapper. L'enfant suivait les louveteaux, la femelle fermait la marche. Ils avancèrent en file indienne puis le loup stoppa et alla s'établir à une quinzaine de pas de son groupe. Un petit courut derrière lui ; la louve le ramena parmi les autres. Le mâle progressa à nouveau, imité par les siens qui s'arrêtèrent net quand il s'immobilisa pour la troisième fois.

Sur le flanc d'une colline, un splendide dix cors – un cerf de cinq ans à la ramure impressionnante – secouait des branchages avec ses bois pour en faire tomber la neige.

Le grand loup rouge courut en direction de sa proie, commandant le signal de la chasse. Quand le cerf les vit foncer vers lui, il tourna la tête vers ses assaillants, la baissa, ses bois redoutables dirigés vers le premier de la bande. Les loups ralentirent, se déployèrent autour de lui. L'enfant resta prudemment en retrait.

Lorsqu'il remarqua que les fauves étaient bien proches, le cervidé s'enfuit au galop, ce qui déclencha immédiatement l'attaque. Pélot pensa que ce devait être une bête blessée car elle claudiquait. Elle fut tout de suite rejointe par les loups qui la mordirent aux pattes et aux flancs mais elle n'arrêta pas sa course pour autant. Un louveteau qui avait planté ses crocs dans l'épaisse toison de son cou fut entraîné sur une trentaine de mètres avant d'être projeté sur le sol. Le cerf voulut le frapper de ses bois mais le mâle fondit sur lui, le saisit au museau et tenta de le renverser. Il n'y parvint pas, malgré l'aide de la louve qui s'acharnait sur les jarrets, et des jeunes qui s'accrochaient aux longs poils du ventre. Pélot aurait voulu participer à la chasse : il s'imaginait en train de bondir sur le dos de l'animal, de l'agripper par sa ramure, de ramener sa tête en arrière pour offrir la gorge au loup. Il vivait l'attaque de l'intérieur mais il était trop affaibli par le manque de nourriture et son nouveau mode d'existence pour tenter seulement de sauter autour d'eux et les encourager de la voix.

Le cervidé se défendit si vaillamment qu'il réussit à se débarrasser de ses adversaires et à se réfugier dans un bosquet. Là, il fit face. L'espace entre les branches était si étroit que les carnivores ne pouvaient pas attaquer ensemble. Le cerf repoussa deux assauts à coups de bois vigoureux. Alors les loups s'allongèrent dans la neige ; tandis que le mâle montait la garde, la louve jouait avec les jeunes. L'enfant ne comprenait plus : comment, après une poursuite aussi enragée, les fauves pouvaient-ils montrer un si soudain désintéressement ? Il alla s'asseoir dans la neige, à une vingtaine de pas des autres, pour mieux voir le dix cors.

Le cerf ne bougeait pas, attentif aux mouvements des loups. Il saignait aux pattes et aux flancs, et il avait une vilaine blessure sur le museau. Il remarqua un être bizarre qui s'était installé à l'écart : il était avec les loups, il sentait le loup, mais il n'avait pas la forme d'un loup ; comme il ne s'était pas risqué à l'attaquer, le dix cors le prit pour un faible. Il décida d'attendre encore pour épuiser la patience des chasseurs, et puis il se dégagerait en forçant le passage le moins bien gardé. Eventrer le faible lui permettrait de distancer les fauves, car il savait, pour l'avoir déjà expérimenté, que les prédateurs se dévoraient d'abord entre eux avant de reprendre la poursuite.

Le grand loup rouge bâilla, détourna la tête pour regarder les siens qui se roulaient dans la neige. C'est le moment que choisit l'ongulé pour charger. Pélot vit l'énorme masse se ruer sur lui.

« Mort... » eut-il le temps de penser.

Tout alla très vite. Le cervidé s'écroula deux mètres devant lui, le mâle suspendu à son cou. L'attaque du loup fut si rapide que l'enfant n'en surprit aucun mouve-

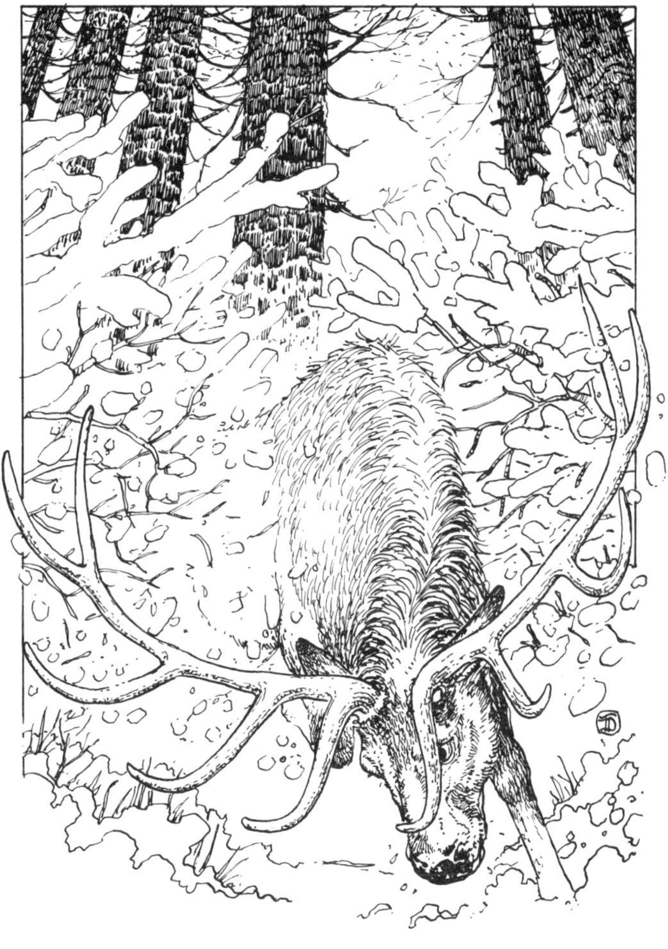

ment. Il resta là, bouche bée, les bras ballants, tremblant de la tête aux pieds, les yeux rivés sur les deux bêtes. Sans s'en rendre compte, il balbutia un merci à l'adresse du loup qui l'avait sauvé.

Le fauve avait sectionné les gros vaisseaux d'un seul coup de ses mâchoires puissantes. La louve le rejoignit, mordit à son tour dans la chair tendre de la gorge. Les louveteaux grimpèrent sur la victime, enfoncèrent leurs crocs un peu partout dans la toison.

Quand la bête fut vidée de son sang, les carnassiers commencèrent à la manger. Pélot disputait les meilleurs morceaux aux jeunes, mais il y avait tellement de viande que chacun se retira repu.

Le garçon regarda la masse du cerf abattu et ressentit une grande fierté d'appartenir à la harde. Il eut envie de jouer, de se vautrer dans la neige avec les loups en riant aux éclats. Mais, après le festin, ils étaient partis se reposer un peu plus loin, et Pélot savait que le grand loup rouge n'aimait pas être dérangé pendant sa sieste... exactement comme le Père. Alors il s'accroupit près de la carcasse et, la bouche encore barbouillée de sang, il poussa un long hurlement.

LES CHASSEURS

Pélot réussit enfin à attraper la truite qu'il guettait depuis une bonne heure, couché au bord du ruisseau, les mains à fleur d'eau. Le poisson frétilla tant et si bien qu'il glissa entre les doigts, mais il tomba dans la neige où l'enfant put le saisir facilement. Il allait le tuer avec une pierre quand la louve surgit, le tira par un pan de son manteau et le ramena vers les autres qui s'étaient déjà regroupés derrière le mâle. Celui-ci grondait entre ses dents, les oreilles dressées, le poil hérissé. Même les louveteaux étaient sur la défensive, le regard tendu dans une seule direction. Pélot s'accroupit à côté d'eux, et ne put réprimer un hoquet de surprise.

– Ça alors, des hommes !

Des chasseurs plus exactement. Ce n'était plus lui qu'ils recherchaient, mais la Bête.

En effet, excédés par les méfaits du monstre et le danger qu'il représentait pour la population – on parlait d'un enfant disparu depuis plus de trois semaines et qui avait dû être dévoré –, les hommes de la vallée avaient organisé une battue. Partis depuis deux jours, les chasseurs, divisés en plusieurs groupes, avaient exploré un secteur compris entre la Moselotte et le torrent de Chajoux. Ils s'étaient retrouvés au Hohneck, puis avaient reparcouru le chemin en sens inverse en descendant par le col des Feignes, d'un côté, et par le lac de Blanchemer de l'autre.

Ils n'étaient encore que des silhouettes noires agitant leurs fusils et retenant leurs chiens, qui marchaient l'un derrière l'autre le long d'une crête, mais l'inclinaison du versant était telle qu'ils parviendraient à l'endroit où se tenaient les loups.

Le mâle fouetta l'air de sa queue et commanda le départ. Pélot resta en arrière, indécis : il hésitait entre suivre les bêtes et s'élancer vers les gars. Que ferait le grand loup rouge si l'enfant choisissait de lui désobéir ? Le gamin avait déjà entendu dire que les loups se battaient férocement entre eux quand l'un ou l'autre s'opposait au chef de la harde... or il n'était pas de taille.

Il remarqua la femelle qui, du coin de l'œil, l'observait, attendant qu'il se mette en route pour marcher derrière lui. Il prit néanmoins le temps de réfléchir : les hommes ne manqueraient pas de découvrir leurs pas dans la neige, et reconnaîtraient, au milieu des empreintes animales, la marque de ses brodequins. Dès lors, ils n'abandonneraient plus la chasse, traquant les fauves jusqu'à ce qu'ils retrouvent l'enfant. Il y aurait affrontement. Des victimes des deux côtés. Lui-même risquait d'être touché si les chasseurs faisaient usage de leurs armes. Son désir le plus cher était de retrouver son père et sa mère, sa petite sœur Marikle qu'il soulèverait dans ses bras, sa maison, son lit, la soupe et les aliments bien cuits, et même l'école... Ses souvenirs lui arrachèrent des larmes. D'un autre côté, il ne voulait pas perdre ses compagnons sauvages.

Pendant qu'il songeait à tout cela, les chasseurs progressaient. La louve le sortit de ses pensées en grognant légèrement. Pélot suivit les loups.

Les louveteaux et la femelle posaient leurs pattes dans les traces du mâle afin de ne laisser qu'une seule ligne de pas. L'enfant avançait en traînant les pieds dans la neige, effaçant la marque de ses souliers. Les hommes s'imagineraient que l'animal était seul et qu'il tirait une proie derrière lui. Le loup guida sa troupe suivant un demi-cercle autour des chasseurs, de façon à les faire tourner en rond. Il espérait, en les ramenant sur leurs propres empreintes, que ceux-ci finiraient par renoncer à la poursuite.

C'était bien mal connaître les gars de la vallée. Ils comprirent rapidement et se scindèrent en deux. Tandis qu'un groupe continuait à talonner le fauve, le second remontait la piste en sens inverse afin de le prendre en tenailles. Quand le grand loup rouge se rendit compte qu'il risquait d'être cerné, il changea de tactique et s'enfonça au plus profond des bois. Là, il découvrit des traces laissées par un troupeau de sangliers : le sol était tout retourné, la terre labourée, mélangée à une bouillie de neige tellement piétinée qu'il était impossible d'y relever des empreintes précises. L'endroit était encore tout imprégné de leur puanteur. Le loup se faufila derrière eux pour brouiller les odeurs.

Quand les chasseurs parvinrent à l'endroit où les suidés avaient fouillé le sol pour déterrer des vers et des racines, ils se demandèrent de quel côté le monstre avait fui. Les chiens hésitaient, se lançaient dans une direction, revenaient, partaient dans une autre, retournaient se jeter dans les jambes de leurs maîtres.

– Ils sentent les sangliers, dit un gars, vous allez voir qu'ils vont nous entraîner sur une fausse piste.

– La Bête est un vrai démon, renchérit un autre. Elle va finir par nous échapper.

Un troisième proposa de se disperser, de fouiller le bois pouce par pouce et de rabattre la Bête vers le centre.

– Et tirez sur tout ce qui bouge, termina-t-il en élevant son fusil. Faut pas prendre de risques.

Tapi dans les fourrés, le loup étudia les sangliers qui creusaient la terre de leur groin. S'il les dépassait ou s'il s'éloignait d'eux, les chiens retrouveraient sa piste ; s'il restait là, les hommes finiraient par lui tomber dessus en resserrant leur étau. Accroupi à sa droite, Pélot était tendu, prêt à pleurer. Derrière eux, la louve avait bien du mal à calmer l'excitation des jeunes qui voulaient s'élancer contre les sangliers, mais l'instant n'était pas à la chasse. Lorsque le mâle entendit les voix et les aboiements, il se redressa. Sa décision était prise : il allait affronter ceux qui le traquaient pour les détourner de sa famille. La femelle comprit car elle s'approcha de lui, lui lécha le museau. Le grand loup rouge passa ensuite une langue râpeuse sur les louveteaux et sur l'enfant, puis bondit hors des taillis en lançant un hurlement sauvage. La troupe de suidés s'enfuit en poussant des grognements terrifiés. La débandade permit à la louve de se glisser derrière eux et d'entraîner ses petits dans leur sillage.

Le loup surgit devant deux chiens qui précédaient un chasseur. Il sauta sur le premier et l'égorgea. Surpris par la rapidité de l'attaque, l'homme n'eut pas le temps d'épauler que déjà le fauve s'était rué sur le deuxième chien. Mais le molosse savait se défendre. Il mordit cruellement le loup à la patte, roula sous lui. L'homme hésitait à tirer de peur de toucher son chien. Il cria pour alerter ses compagnons, se décida tout de même à faire feu quand il se rendit compte que le monstre allait avoir le dessus... et blessa le chien. Il rechargea fébrilement son arme tandis que le loup mettait à profit ces quelques secondes pour sauter par-dessus un massif de fougères. Le chasseur le vit filer en zigzag entre les arbres, tira de nouveau. La balle se perdit dans une écorce.

Le loup entendait des cris de tous côtés. Sa seule chance était de distancer les chiens lâchés sur lui, mais sa patte le faisait souffrir...

Un chien à droite ! Un autre à gauche ! Un troisième devant ! Une ligne d'hommes au loin ! Le loup comprit qu'il ne sortirait pas du piège dans lequel il s'était enfermé. Il s'arrêta, la langue pendante, attendit que ses poursuivants se rapprochent pour retrousser ses babines et exhiber ses crocs dans une grimace de défi. Les chiens firent cercle autour de lui sans cesser d'aboyer, mais pas un n'osa s'élancer. Ils se contentaient de le harceler en montrant les dents, et se reculaient vivement quand l'autre se jetait en avant pour les mordre.

Les chasseurs arrivèrent. Les chiens se sentirent tout de suite plus courageux, appuyés par leurs maîtres. L'un d'eux bondit sur la bête acculée. Mal lui en prit. Le loup lui broya l'épaule d'un magistral coup de dents. Le chien recula, piteux, la tête basse, la queue entre les pattes, poussant des couinements de douleur.

Les hommes mirent le loup en joue. Tirèrent.

Pélot tressaillit quand les détonations retentirent dans la forêt. Tant qu'il entendait des coups de feu espacés, il espérait encore que le mâle leur échapperait, mais quand tous les fusils crachèrent en même temps, il comprit que cela signifiait la mort du grand loup rouge.

La louve arrêta sa fuite, marqua un instant de panique puis rebroussa chemin avec sa petite famille. Elle savait que son compagnon venait de se sacrifier. La forêt était brusquement silencieuse. Tout ce qui voletait, rampait, courait, se terrait dans une attente immobile, redoutant un nouveau drame. Quand les loups atteignirent

la lisière du bois, ils virent, se découpant sur la neige, la longue file de chasseurs et de chiens. Ils repartaient vers la vallée en poussant de joyeux « La Bête est morte ! La Bête est morte ! ».

Au milieu d'eux, le corps du loup se balançait, suspendu par les pattes à une perche posée sur des épaules. Ils rapportaient leur trophée comme une vulgaire pièce de gibier.

La louve les avait rassemblés dans une clairière. La neige paraissait bleue sous l'éclat de la pleine lune. Elle poussa un long hurlement de désespoir et d'amour. Les louveteaux gémirent d'abord, puis accordèrent leurs plaintes à la sienne. Pélot était triste, au bord des larmes. Le grand loup était mort, les gars étaient repartis dans la vallée. Qu'allait-il se passer maintenant que le mâle n'irait plus chasser pour eux ? Les louveteaux avaient grandi mais étaient-ils capables de se débrouiller seuls ? Et lui, Pélot, que deviendrait-il ? Il n'était pas sûr que la louve le laisserait s'aventurer en solitaire dans la forêt, encore moins au pays des hommes... Elle veillait sur lui mais en même temps lui interdisait tout espoir de redescendre parmi les siens.

L'enfant se rapprocha de la femelle parce qu'elle représentait pour lui une certaine sécurité, une protection dans l'instant contre la faim et le froid. Il s'accroupit près d'elle, mêla ses lamentations à celles des loups.

LA BÊTE

La louve chassait à la place du mâle, mais elle s'absentait moins longtemps et rapportait des petites proies qui ne suffisaient pas à calmer le féroce appétit de ses rejetons. Elle trouva une fois Pélot loin de son gîte, un louveteau sur ses talons. Elle le ramena par la manche de son manteau et dès lors, emmena les jeunes en expédition avec elle.

Un jour, elle les entraîna au bord du

torrent qui se jetait dans la Moselotte car elle avait relevé des traces de putois. Laissant les louveteaux fureter dans la neige à la recherche de terriers, elle explorait les rives et scrutait la surface de l'eau pour le cas où un putois s'enfuirait en plongeant. Pélot enfonçait de biais un bâton dans le sol pour tâcher de découvrir des trous qui pourraient être des entrées de galeries. En passant près d'un hêtre, il remarqua qu'un liquide noir gouttait le long du tronc. Il y porta la main. C'était poisseux comme de la sève. Il leva la tête, aperçut une chose triangulaire coincée dans la fourche que formaient deux branches avec le tronc. Il essaya de la faire tomber avec sa baguette mais n'y réussit pas. Cherchant autour de lui, il finit par trouver une branche assez longue et mit tous ses efforts pour la casser. Il la tordit, rompant ses fibres une à une, arracha des lambeaux d'écorce avec les mains et la détacha de l'arbre. Il retourna sous le hêtre, hissa sa perche à bout de bras et entreprit de dégager la chose. Elle tomba à ses pieds avec un bruit mat. L'enfant poussa un cri de dégoût quand il reconnut une tête de sanglier. Les louveteaux vinrent aussitôt renifler sa macabre découverte. Le plus affamé y planta ses dents. C'est alors qu'un rauquement terrifiant les figea sur place. Une silhouette monstrueuse quitta l'ombre des broussailles, avança sur eux à pas lents.

C'était la Bête ! La vraie ! Une créature gigantesque descendue du nord de l'Europe, et qui avait établi son territoire dans cette partie des Vosges.

Les loups n'avaient jamais connu d'adversaire plus fort qu'eux, aussi adoptèrent-ils instinctivement une attitude d'attaque. La Bête se ramassa pour bondir. Pélot manqua défaillir quand il se rendit compte qu'elle le regardait, lui, qu'elle l'avait choisi pour première victime. Le monstre s'élança, mais sa trajectoire fut brutalement déviée par une masse grise jaillie de sa gauche. Les deux fauves roulèrent dans la neige. Les crocs cherchaient la gorge, s'enfonçaient dans la fourrure, grinçaient sur les os, les gueules s'entrechoquaient, les pattes s'agitaient dans l'air chaque fois que l'un renversait l'autre. Les louveteaux sautaient autour, essayant d'attraper un membre de la Bête pour aider leur mère. Deux s'agrippèrent à la toison mais un violent coup de reins les projeta contre un arbre. Ils restèrent hébétés quelques secondes puis se ruèrent à nouveau au combat.

La louve faiblissait. Le monstre l'avait saisie à la nuque, et malgré les assauts des jeunes qui étaient pour lui autant de piqûres d'insectes, il serrait, serrait, serrait...

« Si la louve meurt, nous serons tous tués, » se dit Pélot.

Alors, surmontant sa frayeur, l'enfant fonça sur la Bête, sa branche tenue à deux mains. Il la frappa tant et tant qu'elle finit par desserrer son étreinte et retourna sa colère contre lui. Mais les jeunes suspendus à ses poils l'empêchèrent de se jeter sur le gamin. Bloqué dans son élan, le monstre tomba. La grande louve grise profita de ce qu'il se débattait pour le mordre à la gorge. L'autre hurla en ouvrant une gueule énorme. Pélot lui enfonça son bâton dans la bouche, l'empêchant de la refermer. La créature émit un gargouillis, son corps fut agité de soubresauts, puis sa tête retomba, inerte. La femelle attendit longtemps avant de la lâcher, afin d'être bien sûre qu'elle était morte.

La louve portait une longue estafilade à la nuque, mais la bourre épaisse de son encolure lui avait évité une entaille plus profonde.

Elle saignait de partout, et les louveteaux

s'empressaient autour d'elle pour lécher ses blessures.

Ils festoyèrent de la Bête jusqu'à ce qu'un louveteau, s'étant éloigné pour se reposer, découvre le corps du sanglier décapité. Alors ils délaissèrent le monstre pour se jeter sur le suidé à peine entamé.

Pélot regardait le soir qui s'éteignait doucement à l'ouest. Le ciel était jaune à l'horizon, mais la lumière n'allait pas tarder à être complètement absorbée par les traînées bleu sombre qui glissaient au-dessus des forêts. Déjà, à l'orient, les crêtes commençaient à se fondre dans la nuit.

La louve était couchée dans sa tanière, les jeunes veillaient sur elle. L'enfant se passa la main sur le visage comme pour se réveiller d'un long moment de réflexion.

– Écoute, dit-il à la femelle, je... je dois m'en aller. Il faut que je parte. C'est pas seulement pour moi mais pour vous tous.

Les yeux jaunes de la louve s'ancrèrent dans les siens. Il marqua une légère hésitation avant de poursuivre :

– Il faut que je retourne au village, que je montre aux chasseurs le cadavre de la Bête. Tu comprends, après la mort du loup, elle a dû continuer à tuer là-bas. Les hommes se sont rendu compte que le loup n'était pas la Bête, ou alors ils pensent qu'il y en a plusieurs. Je dois leur dire qu'il n'y a plus de danger maintenant, sinon ils vont revenir dans la montagne. Et ils vous trouveront. Tu comprends, hein, tu comprends ?

La louve étudiait ce fils adoptif. Les autres tournaient autour d'elle, lui plantant leur queue dans la figure, mais elle ne détacha pas son regard de celui du garçon.

– J'expliquerai aux gars que le loup m'avait recueilli, mais que, ne le voyant plus revenir, je n'osais pas redescendre dans la vallée de peur de rencontrer la Bête. Je raconterai que je l'ai surprise plus tard, assaillie par un troupeau de sangliers, et que j'ai ramené ses restes une fois les cochons partis. Tu sais, ça mange aussi de la viande, ces animaux-là. Les hommes ne verront pas de différence entre les crocs des loups et les canines des sangliers tellement la peau est déchirée.

La femelle ne bougeait pas, étonnée d'entendre l'autre émettre de tels sons aussi longtemps.

– Ils me croiront, reprit Pélot, ils seront forcés de me croire.

Sa voix tremblait d'émotion, des larmes perlaient au coin de ses yeux.

– Oh, il faut me laisser partir. Je t'aime. Et si toi aussi tu m'aimes, tu dois comprendre, tu dois comprendre.

Il lui parla longuement, blotti contre elle comme si la louve était son animal familier. Puis il glissa doucement le long de son corps et s'endormit sur son dos.

Le lendemain, Pélot quitta le gîte sans que la louve fît mine de le retenir. Était-ce parce que ses blessures l'empêchaient de le suivre ou parce qu'elle avait senti qu'il devait en être ainsi ?

Les louveteaux trottinèrent un moment derrière lui puis l'instinct les ramena auprès de leur mère : ils avaient à chasser pour elle aujourd'hui.

Pélot alla ramasser la dépouille de la Bête et la tira sur la neige derrière lui. Avant d'atteindre la Moselotte, il entendit le hurlement des loups. Mais ce n'était pas un cri de détresse. La grande louve grise savait que son sixième louveteau était devenu adulte. Elle le laissait mener sa vie propre...

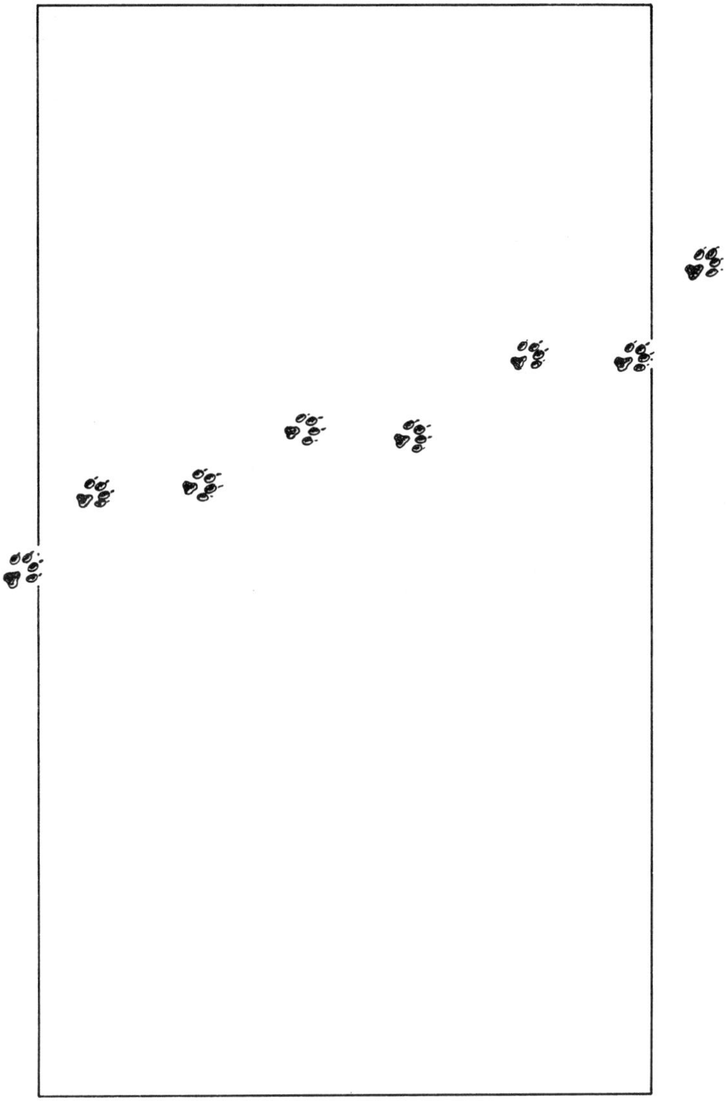

INFORMATIONS
Cascade

LE PORC-ÉPIC ET LE LOUP

Un loup rencontra un porc-épic, et s'avança dans le dessein d'en apaiser la faim qui le pressoit. Celui-ci, qui s'en aperçut, se hérissa d'abord de ses piquants. Si vous vouliez vous défaire de toutes ces pointes, lui dit l'autre, bien fâché de ne savoir pas où le prendre, vous n'en seriez que mieux, car elles vous défigurent extrêmement : croyez-moi, ne les portez plus. Les dieux m'en gardent, répartit le porc-épic, en les dressant encore davantage. Ami, si ces piquants me parent mal, ils me défendent bien.
Quand un méchant vous dit : ami quittez vos armes ;
Je vous aime, vivez en paix et sans alarmes ;
N'en faites rien. Devant un ennemi trompeur,
Retranché jusqu'aux dents, ayez encore peur.

ESOPE

LE LOUP

• Mammifère carnivore de la famille des canidés. Le loup se distingue du chien car il est plus haut et plus robuste. Sa dentition indique des instincts plus carnassiers.

description :
Longueur : 1,50 m (queue 40 cm).
Poids : 35 à 45 kg.
Taille au garrot : 75 cm à 80 cm.
Le loup est de taille élevée, son corps est maigre, efflanqué, ses pattes sont minces ; sa queue est touffue et pendante ; la tête grosse et oblongue est terminée par un museau long et pointu ; le front est incliné, les yeux obliques, les oreilles droites. La louve a une taille un peu inférieure à celle du loup ; son museau est plus mince, sa queue moins touffue.

• ***couleur :*** gris fauve mélangé de noir.
Dans les contrées du Nord, les poils sont grossiers et ocrés, longs au ventre et aux cuisses, touffus à la queue. Ils sont d'un gris jaunâtre mêlé de noir ; au ventre, le gris blanchâtre domine. La teinte tourne au roux en été, au blanchâtre en hiver. Par albinisme ou par vieillesse, certains individus sont presque blancs.
En Sibérie, il existe des loups blancs ; dans la baie d'Hudson des gris clair.

• ***durée de vie :*** 10-12 ans – record : 16 ans.
Le loup fréquente les lieux solitaires, les fourrés, les ravins, les marais, les steppes. Il se cache le jour et rôde la nuit à la recherche de sa proie. En hiver, les loups se réunissent en bandes. Chasseur infatigable, le loup s'attaque aux bœufs, moutons, chevaux, gibier, et quand la faim le pousse, il peut même s'attaquer à l'homme.

• ***gestation :*** 9 semaines.
Le loup vit en meute. La conception se fait en janvier ou février. Au bout de soixante-trois jours de gestation, la femelle met bas de quatre à six petits. La mère allaite de cinq à six semaines. Les louveteaux parviennent à suivre leur mère vers l'âge de deux mois. Pris jeune, le loup peut s'apprivoiser mais il ne reste docile que les deux premières années. Entre un et deux ans, on appelle les petits loups des « louvarts ».

• ***vitesse de course :*** 45 km/h environ.
Le loup est rapide et surtout extêmement endurant.

On trouve des loups surtout en Europe, mais aussi dans le nord de l'Asie et de l'Amérique. Selon les régions on les appelle *dohles* ou loups de Sibérie ; loup d'Abyssinie ou *cabéru* ; loup aboyeur des prairies ou coyotte (qui fait transition entre loup et renard) ; loup rouge à crinière du Grand Chaco ; loup antarctique des îles Falkland ; loup-cervier ou loup du Nord (espèce de lynx)...
L'espèce est en voie de disparition en Europe occidentale, sauf quelques dizaines de têtes en Espagne et en Italie. Cette disparition est dûe, principalement, à la chasse, aux défrichements et aux empoisonnements.

LA CHASSE AU LOUP

CHASSE A COURRE
Elle demande des chevaux robustes et qui aient beaucoup de fond car le loup, dès qu'il a atteint l'âge de deux ans, devient un animal vigoureux, quasi infatigable, qui tient longtemps devant les chiens et qu'il est impossible de forcer sans relais.

CHASSE AU FUSIL
Elle se fait avec des chiens courants, et en battues, qui sont alors organisées et dirigées par les lieutenants de louveterie. On chasse également les loups au fusil en temps de neige. Sitôt la neige tombée, on fait le bois sans chien, et lorsqu'on est parvenu à détourner le loup (on peut facilement suivre ses traces), on entoure l'enceinte. Un chasseur suit alors la voie du loup en sonnant du cornet ou en agitant une sonnette pour indiquer aux chasseurs de se tenir sur leurs gardes. Le loup se fait battre assez longtemps ainsi. Ce n'est que fatigué qu'il se décide à forcer la ligne des tireurs.
L'affût du loup se pratique presque toujours la nuit.

EMPOISONNEMENT ET CHASSE AU PIÈGE
On détruit également les loups au moyen d'appâts empoisonnés. Il existe de nombreux pièges que l'on amorce avec des appâts comme une charogne ou des appâts artificiels.

QUAND ON PARLE DU LOUP

PROVERBES

La lune est à l'abri des loups : dans les hautes sphères, rien à craindre des gens de basse condition.

A chair de loup, sauce de chien : il faut traiter les gens selon leur mérite.

Les loups ne se mangent pas entre eux : les méchants ne se nuisent pas les uns les autres.

Le loup mourra dans sa peau : les méchants ne s'amendent pas.

Quand on parle du loup, on en voit la queue : se dit quand quelqu'un survient alors qu'on parle de lui.

EXPRESSIONS

un froid de loup : grand froid.

à pas de loup : sans bruit.

entre chien et loup : à la nuit tombante.

un loup de mer : vieux marin.

se mettre dans la gueule du loup : s'exposer à péril.

être connu comme le loup blanc : être connu de tous et redouté.

UN LIVRE « LES ENFANTS DU LOUP »

Le 9 octobre 1920, le Révérend J.A.L. Singh, missionnaire indien et recteur de l'orphelinat de Midnapore, conduisit un groupe de chasseurs dans la jungle *sâl*. Son objectif était de découvrir ce qui hantait le village santal de Godamuri, car l'un des chefs du village, un homme du nom de Chunarem, lui avait demandé son aide, à cause de ses qualités de chasseur.
Le groupe emmené par Singh découvrit deux enfants dans l'antre d'un loup, taillée dans une termitière. En plus des enfants, ils trouvèrent aussi une louve et ses louveteaux. Ils tuèrent la mère, liquidèrent les petits loups et le Révérend Singh ramena les deux fillettes avec lui après que les villageois apeurés et superstitieux les aient presque laissées mourir de faim.
Amala et Kamala (ainsi furent-elles nommées), vivaient exactement comme des animaux au début : mangeant de la viande crue, avalant des cailloux, rongeant des os. Elles marchaient et couraient à quatre pattes et refusaient de porter des vêtements. La partie la plus surprenante de l'histoire est que dans l'obscurité, des lueurs bleutées brillaient dans leurs yeux.

Voici un extrait de l'histoire d'Amala et de Kamala telle qu'elle est racontée dans « *Les enfants du loup* », un roman de Jane Yolen, Bibliothèque de l'Amitié.

« Je contemplais la confusion qui régnait lorsque quelque chose de poilu m'a frôlé le bras. J'ai essayé de crier, sans succès. Terrifié, j'ai baissé les yeux. C'était la louve qui grondait, oreilles aplaties et tous crocs dehors. Elle a couru droit sur les porteurs. L'un d'eux a fait feu mais dans sa précipitation, il a tiré au hasard et a failli me blesser. L'autre porteur a visé avec soin et l'a atteinte à l'épaule d'abord puis, après qu'elle soit tombée, une deuxième fois à la poitrine. Elle a hurlé, un cri si semblable à celui d'un être humain qu'il m'a déchiré le cœur.
Dans le trou, nous avons vu le plus étrange des spectacles. Deux louveteaux et deux créatures hideuses étaient blottis en boule, les uns contre les autres. Leurs jambes et leurs bras étaient emmêlés et il était impossible de dire lequel appartenait à qui. Les yeux farouchement baissés, ils tremblaient, visiblement transis de peur. Tout d'un coup mes propres craintes se sont évanouies et je n'ai plus ressenti qu'une profonde tristesse, une espèce de vide dans ma poitrine.
— Mais, ai-je dit, retrouvant pour l'occasion un filet de voix, ce ne sont pas des revenants, ce sont des êtres humains.
M. Welles a pris son menton dans sa main, l'air songeur.
— Des enfants, Mohandas, probablement bannis d'un village et élevés par des loups. Et nous venons de tuer la seule mère qu'ils aient jamais connue.
Il s'est tourné pour voir ce que faisait Rama qui mettait très longtemps pour ramener les draps.
Les pensées se bousculaient dans ma tête. Enfants d'un loup. Ils étaient orphelins, exactement comme moi, solitaires et apeurés. Le visage incliné vers eux, j'ai murmuré :
— Je suis votre frère. »

LES TRACES DU LOUP

Excellent chasseur, le loup couvre parfois plus de cent kilomètres en une nuit à la recherche d'une proie.
Le loup est digitigrade. Ses membres antérieurs sont terminés par cinq doigts. Le pouce étant haut placé, seuls quatre doigts terminés par des griffes puissantes sont nettement visibles sur l'empreinte. Les pelotes sont grosses et allongées. Les pattes postérieures n'ont que quatre doigts, elles sont de la même forme que les pattes antérieures bien qu'un peu plus courtes et plus étroites.
Le trot régulier est l'allure employée le plus fréquemment par le loup. Lorsqu'il poursuit une proie, il galope puis bondit sur elle pour l'attaquer. Au trot ou au galop, il pose ses pattes les unes derrière les autres en ligne droite. Les empreintes sont donc alignées.

A PROPOS DE LOUPS...

LE LOUP ET L'ARC

Un chasseur armé d'un arc et de flèches partit pour la chasse. Il tua une chèvre qu'il mit sur ses épaules et l'emporta. En chemin il aperçut un sanglier. Il jeta la chèvre par terre, tira sur le sanglier et le blessa. L'animal le chargea et l'éventra avant de crever lui-même sur la place. Un loup, attiré par l'odeur du sang vint à l'endroit où gisaient la chèvre, le sanglier, l'homme et l'arc. Il se dit, tout réjoui : « Me voilà à l'abri de la faim pour longtemps. Cependant je ne vais pas manger tout à la fois, je me servirai morceau par morceau sans rien laisser perdre. Je commencerai par les plus durs et je m'offrirai les plus tendres et les plus moelleux pour finir. » Le loup flaira la chèvre, le sanglier et l'homme et dit : « Voilà de la chair tendre, je garde ceux-ci pour la fin. Je vais m'attaquer d'abord à ces boyaux qui sont sur l'arc. » Et il se mit à les ronger. Lorsqu'il eut ainsi coupé la corde l'arc se détendit et frappa le loup en plein ventre. Le loup creva sur le coup et ce furent d'autres loups qui dévorèrent l'homme, la chèvre, le sanglier et leur compère.

L. TOLSTOÏ

LE PETIT MENTEUR

« Au loup ! au loup ! à moi ! » criait un jeune pâtre ;
Et les bergers entre eux suspendaient leurs discours.

Trompés par les clameurs du rustique folâtre,
Tout venait, jusqu'aux chiens, tout volait au secours.
Ayant de tant de cœurs éveillé le courage,
Tirant l'un du sommeil et l'autre de l'ouvrage,
Il se mettait à rire ; il se croyait bien fin :

« Je suis loup », disait-il... Mais attendez la fin.

Un jour que les bergers, au fond de la vallée,
Appelant la gaieté sur leurs aigres pipeaux,
Confondaient leurs repas, leurs chansons, leurs troupeaux
Et de leurs pieds joyeux pressaient l'herbe foulée :
« Au loup ! au loup ! à moi ! » dit le jeune garçon ;
« Au loup ! » répéta-t-il d'une voix lamentable.
Personne ne quitta la danse ni la table.
« Il est loup, dirent-ils ; à d'autres la leçon. »

Et cependant le loup dévorait la plus belle
De ses belles brebis.
Et pour punir l'enfant, qu'il traitait de rebelle,
Il lui montrait les dents et rompait ses habits ;
Et le pauvre menteur, élevant ses prières,
Ne troublait que l'écho ; ses cris n'amenaient rien ;
Tout riait, tout dansait au loin sur les bruyères :
« Eh quoi ! pas un ami, dit-il, pas même un chien ! »

On ajoute, et vraiment c'est pitié de le croire,
Qu'il serrait la brebis dans ses deux bras tremblants.
Et quand il vint en pleurs raconter son histoire,
On vit que ses deux bras étaient nus et sanglants.
« Il ne ment pas, dit-on, il saigne, il tremble, il pleure !

Quoi ! c'est donc vrai, Colas ? (Il s'appelait Colas.)
Nous avons bien ri, tout à l'heure.
Et la brebis est morte ; elle est mangée ! ... Hélas ! »

On le plaignit. Un rustre, insensible à ses larmes,
Lui dit : « Tu fus menteur, tu trompas notre effroi :
Or, s'il m'avait trompé, le menteur fût-il roi,
Me crierait vainement : Aux armes ! »

MARCELINE DESBORDES-VALMORE

COLLECTION Cascade

7 - 8

ATTENTION PETIT MONSTRE
Gilles Fresse.

CHAMPIONS LES ROLLERS !
Chantal Cahour.

COMMENT DEVENIR PARFAIT EN TROIS JOURS
Stephen Manes.

COMMENT VIVRE 7 VIES SANS AVOIR MAL AUX PIEDS
Évelyne Brisou-Pellen.

DEUX MAÎTRESSES POUR UNE RENTRÉE
Stéphane Daniel.

DRÔLES D'ANNIVERSAIRES
Dian C. Regan.

UN FANTÔME EN CLASSE VERTE
Sandrine Pernusch.

LE FILS DES LOUPS
Alain Surget.

INSPECTEUR CATASTROPHE
Gilles Fresse.

LOULOU LA MENACE
Chantal Cahour.

MYRTILLE N'EN FAIT QU'À SA TETE
Chantal Cahour.

MYSTÈRE ET CHARCHAFOUILLE
Jean Alessandrini.

MYSTÈRE EXPRESS
Jean Alessandrini.

OPÉRATION CALEÇON AU CE2
Catherine Missonnier.

PAPY PASSE À LA TÉLÉ
Béatrice Rouer.

PAPY RETOURNE À L'ÉCOLE
Béatrice Rouer.

LES PATATES MAGIQUES
Geneviève Senger.

LA PÊCHE AUX DOIGTS DE SORCIÈRES
Béatrice Rouer.

PETIT FÉROCE DEVIENDRA GRAND
Paul Thiès.

PETIT FÉROCE EST UN GÉNIE
Paul Thiès.

PETIT FÉROCE N'A PEUR DE RIEN
Paul Thiès.

PETIT FÉROCE VA À L'ÉCOLE
Paul Thiès.

POMME A DES PÉPINS
Béatrice Rouer.

UNE POTION MAGIQUE POUR LA MAÎTRESSE
Gilles Fresse.

LA PRINCESSE AUX CHEVEUX VERTS
Paul Thiès.

LES QUATRE FONT LA PAIRE
Chantal Cahour.

LE ROCK DE LA MAÎTRESSE
Gilles Fresse.

LE SERPENT D'ANAÏS
Gabrielle Charbonnet.

SITA ET LA RIVIÈRE
Ruskin Bond.

LA SORCIÈRE EST DANS L'ASCENSEUR
Paul Thiès.

SUPERMAN CONTRE CE2
Catherine Missonnier.

SURPRISE AU BRIC-À-BRAC
Chantal Cahour.

LE TRÉSOR DES DEUX CHOUETTES
Évelyne Brisou-Pellen.

VACANCES SORCIÈRES
Catherine Missonnier.

LE VRAI PRINCE THIBAULT
Évelyne Brisou-Pellen.

LA VRAIE PRINCESSE AURORE
Évelyne Brisou-Pellen.

COLLECTION

Cascade

9 - 10

UNE AMIE GÉNIALE
Sandrine Pernusch.
L'ATTAQUE DE L'OURS
Alain Surget.
AU BOUT DU CERF-VOLANT
Hélène Montardre.
AU SECOURS MÉLUSINE !
Yvon Mauffret.
LES AVENTURES D'UN CHIEN PERDU
Dagmar Galin.
BILLY CROCODILE
Yves-Marie Clément.
CET ÉTÉ, ON DÉMÉNAGE
Anne-Marie Desplat-Duc.
CHUT... SECRET DE FAMILLE
Marie Dufeutrel.
CLAIR DE LOUP
Thierry Lenain.
CLASSE DE LUNE
François Sautereau.
LES CM2 À LA UNE
Catherine Missonnier.
LA COURSE AUX RECORDS
Lorris Murail.
DEUX POISONS DANS L'EAU
Chantal Cahour.
LES DISPARUS DE FORT BOYARD
Alain Surget.
L'ENFANT CHEVREUIL
Roger Judenne.
ENQUÊTE ET PATINS À ROULETTES
Alice Hulot.
EXTRATERRESTRE APPELLE CM1
Catherine Missonnier.
LE GOUFFRE AUX FANTÔMES
Alain Surget.
LA GUERRE DE RÉBECCA
Sigrid Heuck.
LA GUERRE DES POIREAUX
Christian Grenier.
HISTOIRE DE LUCIEN
François Charles.
L'ÎLE AUX TORTUES
Michel Girin.
L'INCONNU DU QUATRIÈME
Alice Hulot.
J'AIME PAS LA NATURE
Gérard Bialestowski.
LE JOURNAL SECRET DE MARINE
Sandrine Pernusch.
LE LÉVRIER DU PHARAON
Roger Judenne.
MON VOISIN EST UN PIRATE
Hervé Fontanières.
LE MOUSSE DU BATEAU PERDU
Yvon Mauffret.
MYSTÈRE À BORD
Catherine Missonnier.
MYSTÈRE À CARNAC
Michel-Aimé Baudouy.
MYSTÈRE AU CHOCOLAT
Didier Herlem.
UN MYSTÈRE PRESQUE PARFAIT
Didier Herlem.
ON T'AIME CHARLOTTE
Sandrine Pernusch.
PARIS-AFRIQUE
Yves Pinguilly.
PING-PONG AU CAMPING
Stéphane Daniel.
LA PLUS GRANDE LETTRE DU MONDE
Nicole Schneegans.
POUR UN PETIT CHIEN GRIS
Yvon Mauffret.
PREMIER EN FOOT
Catherine Missonnier.
LE SECRET DE L'OISEAU BLESSÉ
Betsy Byars.
SECRETS DE SORCIÈRES
Alice Hulot.
TOUCHE PAS À MON PÈRE
Chantal Cahour.
VIVE LES PUNITIONS !
Guy Jimenes.

L'AUTEUR

Alain Surget est né en 1948 à Metz. Il s'est d'abord lancé dans la poésie puis le théâtre avant de se découvrir une passion pour le roman. À la fois rêves de jeunesse et désirs de voyages, ses ouvrages traduisent les grands thèmes qui le fascinent : les luttes de classes et de races, les rapports entre le monde moderne et les grandes forces ancestrales, la vengeance, le destin, et surtout la lutte de l'homme avec la nature et la solitude.

L'ILLUSTRATEUR

Thierry Desailly est né en 1957. À trois ans, il dessine des chevaux à deux pattes. À dix, il termine ses premières bandes dessinées et commence un dessin animé... Créer devient son mode de vie. Diplômé de l'École Nationale Supérieure des Arts Décoratifs de Paris, il travaille tout d'abord pour la publicité puis il s'oriente vers l'édition.

Achevé d'imprimer en février 1998
sur les presses de Maury-Eurolivres
45300 Manchecourt
Dépôt légal : février 1998
N° d'imprimeur : 63074
N° d'éditeur : 3025